判じ物の主

鈴木英治

双葉文庫

目次

判じ物の主　口入屋用心棒

第一章

一

速《すみ》やかに。

ときをかけずに殺《や》る。

八つ（午前二時）の鐘が鳴る前に、すべてを終えなければならない。

大丈夫だ、やれる。

人けが絶えて久しい道の端を選んで走りつつ、伴斎《ばんさい》は自らにいい聞かせた。

今年の春は寒く、夜はまだ冷える。息をつくたびに白いものが靄《もや》のように流れてゆく。

闇の中、目当ての家がうっすらと見えてきた。どこかで犬が鳴いている。甲高い声が耳障《みみざわ》りだが、このくらいで洞軒《どうけん》が目を覚ますことはあるまい。やつは眠りが深いたちだ。

ぴたりと足を止め、伴斎は目の前の家を見上げた。

屋根に掲げられた扁額《へんがく》には、『得州《とくしゅう》 堂《どう》』とある。近くに常夜灯の類など一つもないが、闇に慣れた目は、三つの文字をしっかりと認めた。

深くうなずいた伴斎は改めて周囲に人影がないことを確かめ、行くぞ、と口の中で小さくつぶやいた。右手を伸ばし、戸口の引手に指を入れる。

戸を横に引こうとしたとき、思いがけず近くから風鈴《ふうりん》の音が響いてきた。その場違いな音色に、ぎくりとする。

あれは、と引手に触れたまま伴斎は耳を澄ませた。夜鳴き蕎麦屋《そば》だろう。

火事をなによりも恐れる公儀の命《めい》で夜鳴き蕎麦は禁じられているが、それが守られたためしはない。深夜に蕎麦切りを求める者がいる以上、供する者はあとを絶たないのだ。

風鈴の音は徐々に遠ざかってゆく。軽く息をつき、伴斎は眼前の戸口を見直した。いつ急患が担ぎ込まれてもいいように、この戸は開いているはずである。

押し込みや盗賊に狙われるのを恐れて、戸口に心張り棒《しんばりぼう》をかませる医者は少なくないが、洞軒はそういう真似はしないだろう。

案の定だ。

口元に笑みを浮かべた伴斎は、音を立てないようにゆっくりと戸を引いた。半身が入る程度で止め、土間に滑り込む。

小腰をかがめ、伴斎は後ろ手に戸を閉めた。家に染みついた薬湯のにおいが身を包み込む。においのきつさに舌打ちしたくなった。反吐《へど》が出る。

一間ほど先に、閉じられた腰高障子《こしだかしょうじ》が見えている。

その腰高障子の向こう側から、かすかにいびきが聞こえてくる。紛《まぎ》れもなく、洞軒のものだ。

このいびきも腹立たしくてならない。今となっては、あの男のなにもかもが憎い。以前は親しくつき合っていたのが嘘のようだ。

ここまで来て、心の臓がどきんどきんと打ちはじめた。

まさか今このとき、急患が運ばれてくるようなことはないだろうか。あるわけがない、と伴斎は断じた。これから行うのはまちがいなく正義なのだ。神さまが後押ししてくれないはずがない。

腰高障子を憎々しげににらみつけながら片足を踏み出した伴斎は、静かに息をつき心を落ち着かせた。気は急《せ》くが、ここで焦ってはならない。最も大事な局面なのだ。

上がり框《かまち》に片足を乗せた姿勢で、伴斎はしばらく洞軒のいびきを聞いていた。いびきの調子に変わりはない。洞軒は深い眠りの中にいる。

——よし、やるぞ。ずっとこのときを待っていたのだ。もはや後には引けない。

決意を胸に刻み込み、伴斎は懐《ふところ》に手を入れた。鞘《さや》ごとつかみ出した匕首《あいくち》を、すらりと抜く。暗さの中、抜き身は鈍い光を妖しく放っている。

匕首を手に、伴斎は音もなく腰高障子に歩み寄った。その瞬間を選んだかのようにまた犬の鳴き声が聞こえてきたが、洞軒はいびきをかき続けている。

ためらっている暇などない。伴斎は腰高障子を素早く開けた。

灯りのない四畳半の真ん中で掻巻《かいまき》にくるまり、ぐっすりと眠り込んでいる男がいる。命を奪いに来た者が枕元に立とうとしているのに、寝返り一つ打たない。

ついにこのときがきた。伴斎は身震いを抑えきれない。待ち焦がれていた瞬間を、ついに手にできるのだ。心の臓がどくどくと激しく鳴っている。

洞軒を亡き者にするために、いろいろと支度をしてきた。費《つい》えもずいぶんかかった。

それらを無駄にするつもりはない。

匕首を闇にきらめかせて、伴斎は足を踏み出した。

血のついた匕首を洞軒の搔巻でぬぐう。息の止まった洞軒の顔を凝視しつつ、伴斎は立ち上がった。震える手で抜き身を鞘にしまい、懐に落とし込む。

やったぞ、と拳を突き上げたい衝動に駆られたものの、すでに伴斎は冷静さを取り戻している。

この診療所に置いてあるありったけの金を探し出して、懐に入れた。洞軒は貧乏人からは金を受け取っていない。富裕な者からはしっかり取っているのだろうが、それは書物代や薬代に消えているだろう。洞軒が金持ちでないのは百も承知だが、いずれこの殺しを調べ出す町奉行所の役人を少しでも惑わすにしくはない。

後ろを振り返ることなく四畳半を出た伴斎は土間に降り、戸に手をかけて外の気配を嗅《か》ぐ。

またも風鈴の音がしているが、さして近くはない。目の前の通りには夜がずしりと居座っているだけで、誰もいないだろう。

八つの鐘が鳴るまで、まだ十分なときがあるはずだ。

大丈夫だ、間に合う。

戸を開けて、伴斎は外に出た。濃さを増した闇が行く手を阻むように立ちはだかり、冷たい夜気《やき》が頬《ほほ》を打つ。

伴斎が戸を元通りに閉めると、きつい薬湯のにおいが消えた。ほっとして、体から力が抜けた。気も少しゆるんだ。

夜鳴き蕎麦屋の風鈴の音にいざなわれるように道に出ようとして、不意に二つの足音が耳に届いた。提灯《ちょうちん》のほんのりとした灯りが、得州堂の前を淡く照らす。

はっとして、伴斎は後ずさりした。どうしてこんな刻限に人がいるのか。夜鳴き蕎麦を食べに出てきたのか。

伴斎の気配を覚ったか、足音がやみ、提灯がこちらに向けられる。

顔を見られただろうか。

いや、きっと大丈夫だ、ここは黙ってやり過ごせばよい。

生垣に体を隠して、伴斎はひたすらじっとしていた。

——この身を守るためなら、俺はなんでもするぞ。

もし提灯の主が近づいてきたら、一突きにするつもりで懐に手を入れ、伴斎は匕首を握り締めた。

なにもなかったかのように提灯の光が得州堂の前を離れ、再び二つの足音がしはじめた。

気づかれなかった、と伴斎は胸をなで下ろした。よし、神さまは俺を見捨ててはいない。

とにかく、今は急がねばならない。気が急いてならない。音もなく伴斎は生垣の陰を出ようとした。

その気配を察したかのように、提灯の主がまた振り返った。

あわてて生垣の陰にしゃがみ込んだが、伴斎は男と目が合ったような気がしてならなかった。

まずいぞ。どうする。襲うか。

いや、早まるな。目が合ったのは、気のせいかもしれないではないか。

だが、本当にこのまま行かせてしまってよいのか。

そんな伴斎の迷いをよそに、ゆっくりと二つの足音は遠ざかりはじめた。

二

智代《ともよ》がしなだれかかってくる。

甘い香りが鼻腔をくすぐり、樺山富士太郎《かばやまふじたろう》はぎゅっと抱き締めた。

ああ、こんなに幸せな男がこの世にいるのかなあ。いや、いるわけないよ。この世で、おいらがいちばん幸せに決まっているさ。

だが、次の瞬間、目の前から不意に智代が消えた。

あれ、どこに行っちゃったんだろう。

智ちゃーん、と富士太郎は声に出して呼んだ。すぐに、富士太郎さん、という声が返ってきた。

ああ、よかった、帰ってきてくれたよ。

富士太郎は、幻のようにうっすらと見える智代を見つめて笑った。智代がにっこりと笑い返す。

ああ、なんてかわいいんだろう。

手を伸ばし、富士太郎は再び智代を抱き締めた。

「あっ」

智代が戸惑ったような声を上げる。

「富士太郎さん、ちょ、ちょっと待ってください」

えっ、どうしたんだい、智ちゃん。いつもしていることじゃないか。

「富士太郎、あなた、いったいなにをしているのですか」

いきなり母親の怒声が脳裏に入り込んできた。間髪《かんはつ》容れずに、びしっ、と音がし、富士太郎の頭に激痛が走った。

「あいたたた」

両手で頭を押さえ、富士太郎は布団《ふとん》の上で身もだえした。

なぜ、おいらの部屋に母上がいらっしゃるんだい。

「富士太郎、あなた、夢でも見ているのですか。もう朝ですよ、しゃんとなさい」

えっ、夢だって。

首を振って富士太郎は目を開け、おそるおそる声がしたほうに顔を向けた。厳しい顔つきの田津《たづ》が正座し、じっとこちらを見ている。

「あなた、夢とうつつがごっちゃになっていたようですね」

「どうやらそのようです」

富士太郎はうなだれた。

「富士太郎、目は覚めましたか」

「母上のおかげですっかり」

頭をさすって富士太郎は答えた。

「それは重畳《ちょうじょう》。目が覚めていなければ、もう一度お見舞いするところでした」

手刀《てがたな》を高くかざして田津が笑う。

「いえ、もうけっこうです」

真剣な顔でいい、富士太郎はちらりと智代に目を向けた。智代は少し恥ずかしそうにしているだけで、気分を害したということはなさそうだ。

「富士太郎、あなたは今、智代さんの夢を見ていたのですね。好きなおなごの夢を見るのはよいことでしょうけど、節度はきっちり守らなければなりませんよ。夫婦約束をしたといっても、まだ一緒になったわけではありませんから」

「は、はい、よくわかっております」

もう何度も智代を抱き締めた上に、口づけもかわしていることは、田津にいえることではない。嘘をつくのは心苦しくてならなかったが、ここは致し方あるまい。

「それにしても富士太郎——」

田津が語調を改める。

「侍が寝ぼけるなど、なんですか。いざというとき、そんなざまではものの役に立ちませんよ」

「はい、申し訳ありませぬ。肝に銘じます」

両手をそろえてこうべを垂れた富士太郎は、すぐに顔を上げた。

「しかし母上、朝早くからお二人そろっていらっしゃるなど、どうかされたのですか」

「朝餉《あさげ》ができたので、智代さんがおまえを起こしに行ったのです。でも、いくら起こしてもあなたが目を覚まさないというので、私がやってきたのです」

「えっ、それがし、智ちゃんに声をかけられても起きなかったのでございますか」

そんなことは初めてではないか。

「いくら揺さぶっても駄目だったそうです。智代さんはおまえのことを心配して、私のところにあわてて来たのです」

「智ちゃんが揺さぶっても起きなかった。それがしは、そんなに深く眠っていたのか」

「疲れがたまっているのでしょう」

田津が母親の顔になった。

「最近、事件がないとはいっても、やはり町廻りというのは激務ですからね」

田津のいう通り、ここ十日ばかり江戸の町は平穏といっていい。事件らしい事件は起きていない。

だが、こういうときに限って、とんでもない事件が起きるものだ。

今、刻限は朝の七つ半（五時）過ぎといった頃合だろう。すでに朝餉ができているのなら、腹ごしらえをしておいたほうがいい。

「母上、もう朝餉の支度は済んでいるのですね。でしたら、そちらにまいりましょう」

富士太郎がいうと、田津と智代がそろってうなずいた。

「ええ、そういたしましょう。でも富士太郎、その前におまえはちゃんと着替えをしてからいらっしゃい」

「承知いたしました」

田津にいわれた通り、いつでも出仕《しゅっし》できるように着替えを済ませた富士太郎は、庭に出て顔を洗い、歯を磨いた。さっぱりとした気分で、台所横の部屋へ向かい、膳の前に正座した。

樺山家では、いつも三人そろって朝餉をとっている。他の武家では町人の出の者と一緒に食べないところはいくらでもあるだろうが、ここではそういうことはない。富士太郎はいつも、町家の出である智代と膳を並べている。

「そうしていると、本当の夫婦のように見えますね」

箸《はし》を箸置きにのせて、田津がしみじみといった。

「あなたが女性に目覚めてくれて、本当によかった」

富士太郎は微笑を返した。

「すべて母上のおかげです。心から感謝しております」

ついこのあいだまで男にしか興味を示さず、湯瀬直之進《ゆせなおのしん》を慕っていた富士太郎が変わったのは、田津が一計を案じたからである。

このままでは樺山家に跡取りがいつまでたってもできないことを憂えていた田津は、知り合いの役者である七右衛門《しちえもん》に富士太郎を好いている振りをしてもらうように頼んだのだ。そうすることで、男に惚れられた男の気持ちを富士太郎に味わわせたのである。

そのうえ仮病をつかって、田津自身がこれと見込んだ女性である智代を樺山家に置き、富士太郎の目が向くように仕向けたのだ。

田津のその目論見《もくろみ》はものの見事にはまり、富士太郎の気持ちは直之進から智代に移ることになったのである。

富士太郎は、田津に感謝してもしきれない。母親のこの計らいがなかったら、無二の女性である智代に心が動くことはなかったのだから。

自分がいかに恵まれているか、そのことを富士太郎は嚙み締めながら朝餉を食した。膳にのっているのは、ご飯にわかめの味噌汁、大根の漬物、納豆だ。

味噌汁をひとすすりしてから納豆にたっぷりと辛子をつけ、富士太郎は箸でかき混ぜた。ほどよい粘りけと糸が出たところで醬油を垂らし、炊き立てのご飯の上にのせる。

唾が湧き出た。富士太郎は一気にかき込んだ。うまい、と我知らず声が出る。同時に体に力が満ちてきた。納豆を食べると、いつもそうだ。

その様子を見て、智代がにこにこしている。

一膳だけおかわりをした富士太郎は、最後に大根の漬物を食べ、味噌汁を飲み干した。

「ああ、おいしかった。母上、智ちゃん、ごちそうさまでした」

「お礼なら智代さんにいいなさい。今日の朝餉は智代さんが用意してくれたものよ」

「まことですか。――智ちゃん、ありがとう。とてもおいしかったよ」

「いえ、そんな。お粗末さまでした」

「お粗末だなんて、そんなことはまったくないよ。こんなにおいしい食事は――」

これまでなかなかありつけなかったよ、といおうとして、富士太郎は口を閉じた。智代がこの屋敷に来るまでは、田津が手ずから食事をつくってくれていたのだ。

「――他のお屋敷では滅多に食べられるものじゃないだろうね」

それを聞いて、ふふふ、と田津が快活に笑った。

「富士太郎、うまくごまかしましたね」

「い、いえ、ごまかすだなんて」

「いいのですよ。――富士太郎、早く出仕の支度をなさい」

わかりました、と富士太郎は立ち上がった。自室に戻り、十手《じって》を袱紗《ふくさ》に包んで懐にしまい込む。

十手は命より大事なものといってよい。下手《へた》に帯に差し込むなどして奪われ、犯罪に利用されるというような失態を犯すわけにはいかない。十手は懐に入れておき、いざというときに取り出すものなのだ。

部屋を出てすぐに、富士太郎は玄関に客が来たことを知った。

「それがしが出ます」

田津と智代に声をかけて、玄関に向かった。あの声は、と廊下を急ぎ足で歩きつつ思った。珠吉《たまきち》ではないだろうか。

思った通りだ。玄関先に立っていたのは、富士太郎の忠実な老中間である。かなり急いで来たらしく、息づかいが荒く、顔が赤い。

富士太郎は式台《しきだい》に降りた。

「おはよう、珠吉」

まずは珠吉に息をととのえさせるために、富士太郎はあえて、なにがあったか、きかなかった。珠吉は南町奉行所内の中間長屋に住んでいる。南町奉行所から八丁堀《はっちょうぼり》まで大した距離ではないが、走ってくれば、やはり六十を過ぎた体にこたえないはずがない。

「旦那、おはようございます」

腰をかがめ、珠吉が丁寧に辞儀する。

「今日の天気はどうだい」

「いい天気ですよ。お天道《てんとう》さまも機嫌よさそうです」

「そうかい、そいつはなによりだね」

もういいだろうね、と富士太郎は判断した。珠吉の息づかいは元に戻りつつある。

「珠吉、こんなに早く来たってことは、なにかあったんだね」

「ええ、さいです」

珠吉がいうには、音羽《おとわ》町九丁目で殺しがあったとのことだ。殺されたのは、町医者の洞軒という者だという。独り身で歳は三十一。

「そう、殺しかい」

やはり思った通りだったね。

眉を曇らせたものの、富士太郎はすぐに首を縦に動かした。

「よし、さっそく行こう」

田津と智代が富士太郎のそばに寄ってきた。二人は珠吉と明るく挨拶《あいさつ》をかわした。

「母上、智ちゃん、では行ってまいります」

「富士太郎、一所懸命おつとめに励むのですよ。もうじき一人ではなくなるのですから、今よりももっと気構えをせねばなりません」

「はい、心しております」

田津に答えてから、富士太郎は智代をまっすぐ見た。智代がじっと見返してくる。つぶらな双眸《そうぼう》がかわいくてならない。また抱き締めたくなってきた。

「じゃあ、行ってくるね」

その思いを押し殺して、富士太郎はいった。

「はい、お気をつけて」

富士太郎は、珠吉とともに玄関をあとにした。二人して、開け放たれた門を出る。

「珠吉、今日は何日だったかな」

先導する珠吉に富士太郎はたずねた。

「今日は三月二日ですよ」

「ああ、もう弥生《やよい》になったんだったね。やっと春らしい、いい陽気になってきたね」

まだ昇ったばかりの太陽が、つややかな陽射しを燦々《さんさん》と江戸の町に注いでいる。体が伸びやかになるあたたかさだ。

「ええ、まったくでさ。一時は春とは名ばかりの日が続きましたからねえ」

「そういえば、明日は桃の節《せっ》句だね」

「さいですね。旦那のところはなにかするんですかい」

「うちはなにもしないよ。女の子はいないし。智ちゃんのために、母上がお雛さまを並べるようなことはしないだろうね」

「智代さんは確か十九でしたね。雛祭りをするには、ちと歳がいきすぎていますかね」

雛祭りを祝うのは、だいたい三歳から十三歳くらいまでといわれている。

「弥生といえば、直之進さんとおきくちゃんの祝言《しゅうげん》は十日に決まったらしいよ」

「えっ、本当ですかい」

うれしさと驚きの入り混じった顔を珠吉が向けてくる。

「うん、ついこのあいだ平川さんが教えてくれたんだ」

「そういえば、平川《ひらかわ》さまが主《しゅ》となって湯瀬さまたちの祝言を進めていらっしゃるとのことでしたね」


直之進の親友である平川琢ノ介《たくのすけ》は武士を捨て、口入屋米田屋《くちいれやよねだや》の跡を継ごうと修業中の身だ。その琢ノ介が直之進のため、おきくの父であるあるじの光右衛門《みつえもん》になり替わり、いっさいを取り仕切るのだという。

「うん、おいらたちにも是非とも出席するようにいってくれたよ」

「そいつはうれしいですねえ。どこで祝言は行うんですかい」

「湯島《ゆしま》にある佳以富《かいと》とのことだよ」

「佳以富といえば、名店と謳《うた》われる料亭じゃないですかい。料理のうまさだけでいえば、江戸でも屈指と評判ですね」

「うん、とてもおいしいらしいね」

「今から楽しみですね」

「珠吉は、直之進さんたちの祝言に出るのと、佳以富の食事をいただくのと、どっちが楽しみなんだい」

「そいつは旦那、両方に決まっていますよ」

「それはそうだね」

破顔して富士太郎はうなずいた。

富士太郎と珠吉の会話はそれで終わり、二人はひたすら道を急いだ。


半刻ばかりで音羽町に着いた。

音羽町といえば、と富士太郎は思い出した。この町の四丁目にある甚右衛門店《じんえもんだな》に、千勢《ちせ》と倉田佐之助《くらたさのすけ》が住んでいる。かつて直之進の妻だった千勢は迂余曲折ののち、直之進の命を狙っていた殺し屋の佐之助、そして血のつながりはないがお咲希《さき》という娘と三人で暮らしている。直之進は佐之助と親しくつき合っている様子だが、八日後に迫ったおきくとの祝言に三人を呼ぶつもりはあるのだろうか。

呼ばないはずがないね、と富士太郎は思った。直之進と佐之助はこれまで何度か力を合わせて命の危機を乗り越えるなど、絆を深めている。今や最も親しい仲といってよいのではないか。

富士太郎としても佐之助に対してまだわだかまりがないわけではないが、きっといつかは氷のように溶けてしまうだろうと思っている。

気長にそのときを待てばいいのさ。

半町ばかり先の通りに人だかりが見えるが、それらは皆、野次馬《やじうま》のようだ。

富士太郎と珠吉は野次馬をかき分け、前に進んだ。うちの近所で人殺しだなんて怖いねえ。信じられないよ、洞軒さんが殺されちまうなんて。なんまんだぶ、なんまんだぶ。そんな声が野次馬たちから聞こえてきた。

富士太郎たちは一軒の家の前に出た。

「得州堂かい。ここが診療所だね」

家の屋根に掲げられている扁額を見上げて、富士太郎はいった。

「さいです。亡くなった洞軒さんが開いていたところです」

開け放たれた戸口の前に、町奉行所の二人の小者が六尺棒を握って立っている。富士太郎たちを認め、辞儀をして二人の小者が脇によける。

ありがとうね、といって戸口の前に立ち、富士太郎は土間を見つめた。

「どうやらこの診療所は、とてもはやっていたようだね」

「えっ、旦那、どうしてそんなことがわかるんですかい」

「診療所の壁なんかに染みついた薬湯らしいにおいが、外まで漂ってきているからね。これは、大勢の患者が来ていたなによりの証《あかし》じゃないかい。――それだけじゃないよ。珠吉、その土間を見てごらん」

穏やかにいって、富士太郎は人さし指を伸ばした。

「磨かれたようにつるつるになっているだろう。これも、大勢の人がやってきていたからこそ、こういうふうに光沢を帯びたんじゃないかな。ちがうかい」

「旦那のいう通りでしょうね」

ほれぼれしたという顔で、珠吉が首を何度も縦に振る。

「それに、そこにいる人たちの中には、今日、洞軒さんに診《み》てもらうためにきた人もいるんじゃないかい」

真摯《しんし》な目で、富士太郎は野次馬のほうを見やった。

「ああ、さいでしょうね。さすがですねえ、旦那」

「珠吉らしくないね、おいらを持ち上げるなんて。でも、見直したかい」

「見直すもなにも、あっしは旦那のことを前から高く買ってますぜ」

「そうだったかね」

「そうですよ」

軽口はここまでで、富士太郎は珠吉とともに診療所の土間に足を踏み入れた。

薬湯のにおいはさらに強いものになり、まるで体にまとわりつくかのようだ。開いた腰高障子のあいだから、畳に敷かれている布団が見えた。その上に掻巻を着た男が横たわっている。胸に赤い血の染みが広がっていた。

洞軒さんだね、と富士太郎は敷居をまたぎつつ、心中で遺骸に語りかけた。三十一だってね、その若さで殺されてしまうなんて、かわいそうだね。どんな理由があったか知らないが、必ず下手人は見つけ出してやるからね。それで成仏《じょうぶつ》しておくれよ。

ちょうど検死医師の福斎《ふくさい》による検死の真っ最中である。やや歳のいった助手が福斎の手伝いをしている。

「遅くなりました」

富士太郎が背中に声をかけると、福斎がちらりと振り返った。

「おう、樺山さま、珠吉さん。おはよう」

おはようございます、と返して富士太郎は遺骸に向けて合掌した。珠吉も同じことをしている。

「福斎先生、いかがですか」

目を開けて富士太郎はきいた。

「見ての通りですよ。この仏さんは鋭利な刃物で心の臓を一突きにされている。眠っているところを殺《や》られたんでしょう」

「殺されたのは何刻頃《なんどき》でしょう」

そうですね、と福斎がいった。

「深夜の九つ（午前零時）から七つ（午前四時）までのあいだといったところでしょうな」

その刻限を、富士太郎は頭に叩き込んだ。

「福斎先生、この遺骸に、なにか妙な点はありますか」

「いや、なにもありません。傷は一つだけだし。ただし、なんの迷いもなく刃物で心の臓を一突きにするなど、下手人は手慣れた感じがしますよ」

手慣れた感じか、と富士太郎は思った。

「殺しを生業《なりわい》にしている者の仕業《しわざ》でしょうか」

「医者としてはそうだとは断言できないが、考えられないことではないでしょうな」

音羽町で殺しを生業にする者というと、またしても佐之助のことが頭に浮かんでしまう。もっとも、千勢やお咲希と出会ったことで、佐之助は殺しはやめたようだ。千勢とお咲希と暮らすために、人として恥じない生き方をしようと思ったのではあるまいか。

となれば、と富士太郎は思った。やはり佐之助という男は生まれ変わったということになる。

富士太郎は、直之進の命を狙う佐之助をお縄にしようとずっと追いかけてきた。だが、殺しなどの一連の佐之助の罪は、徳川家転覆を目論んだ勢力に江戸城が襲われた際、身を挺して佐之助が将軍の命を救ったことで、将軍じきじきに許された。今は、お天道さまの下を堂々と歩ける身分になっている。

一つ息をついて、福斎が言葉を発する。

「だが、心の臓の正確な位置を知っている者といえば、手前たちのような医者もそうだな。医者は人の命を救うのが商売で、人を害するようなことはまずするまいと思うが、最近はだいぶ世相も変わってきているから、昔とはちがうかもしれませんな」

医者が下手人ということもあり得るのか、と富士太郎は思った。その場合、洞軒を殺したのは商売敵《がたき》といったところになろうか。もちろん、怨恨《えんこん》という理由も十分に考えられる。怨恨で殺されたとした場合、同業ならではのうらみということになろうか。

「鋭利な刃物とおっしゃいましたが、凶器はなにかおわかりですか」

福斎に向けて、富士太郎は新たな問いを発した。

「傷の深さからして多分、匕首でしょうな。脇差《わきざし》ということはありますまい」

凶器は下手人が持ち去ったのだろう。近くには見当たらない。

仏の顔の上に手ぬぐいをかけて、福斎が立ち上がる。

「手前が申し上げるべきことは、ほかにないな。樺山さま、この仏さんのことは留書《とめがき》にして、すぐに提出いたしますよ」

「はい、よろしくお願いします」

富士太郎は頭を下げた。

慈父のような目で、福斎が洞軒の遺骸を見つめる。

「洞軒さんは患者に慕われていたようですな。本道《ほんどう》の医者として、名のある人だと耳にしたことがあります。特に肝の臓の病に関して、とても力があったらしい。それが、こんなことになってしまい、途方に暮れる患者も多いのではないかのう」

「そのような名医だったのですか」

縄張内の医者なのに、洞軒のことをまったく知らなかった自分が富士太郎は恥ずかしかった。

「樺山さま、別に恥じることはありませんぞ。この江戸にいったい何人の医者がいるものか。誰でも看板を掲げれば医者になれる。玉石混淆《ぎょくせきこんこう》という言葉がぴったりくるくらいで、覚えきるなどということはできません」

小さな笑みを見せて、福斎が富士太郎の肩を叩く。

「手前が申し上げるまでもないでしょうが、樺山さまがすべきことは、とにかく下手人を挙げることでしょう。それしか、洞軒さんの無念を晴らす手立てはありませんよ」

「はい、承知いたしました」

「樺山さまは素直でとてもよろしいな。手前もその素直さを少しでも身につけられたらと思いますよ。さすれば、もう少し医術の腕が上がったかもしれない」

福斎がにこやかに笑う。

「樺山さまと珠吉さんなら、必ずこの仏の仇を討ってくれるにちがいない。手前は確信しておりますよ」

「はい、力の限りがんばります」

「期待していますよ。では、手前どもはこれで失礼いたします」

洞軒に向けて改めて合掌した福斎が富士太郎たちに頭を下げ、部屋を出てゆく。薬箱を手にした助手が一礼してあとにつきしたがう。

戸口に集まり、こちらをうかがい見ている町役人《ちょうやくにん》たちに富士太郎は問いかけた。

「仏を見つけたのは誰かな」

「ああ、それでしたら、こちらのおばあさんです」

年若の町役人に付き添われて前に出てきたのは、よく焼けた干物のような肌の色をしたばあさんである。竹串で体ができているかのように瘦《や》せこけている。顔色の悪さからして、肝の臓を患《わずら》っていると一見してわかった。

「おいらは樺山富士太郎というんだよ。南町奉行所の役人だ。おばあさん、名をきいていいかい」

はい、としわがれた声でばあさんが答えた。襟元《えりもと》から細い鎖骨が浮いて見えている。

「あたしは、みつ、といいます」

「おみつさんかい。どこが悪いんだい」

「肝の臓です」

「今朝、おみつさんが洞軒先生が死んでいるところを見つけたんだね。それは何刻頃かな」

「六つ半（午前七時）くらいです。今日は朝一番であたしが診てもらうことになっていたんで……」

込み上げてきたものがあったようで、おみつが涙ぐむ。嗚咽《おえつ》が富士太郎の耳を打つ。なにもいわず、富士太郎はおみつの気持ちが落ち着くのをじっと待った。

「すみません」

「いや、いいんだよ」

富士太郎は優しくおみつの肩に手をやった。枯れ木のように痩せている。

「六つ半にはもう洞軒先生は診療所を開けているのかい。ずいぶんと早いねえ」

「患者を診はじめるのは五つ（午前八時）頃からですが、一晩中、開けているといっていいと思います。急患のことを考えて、先生は戸締まりをしない人でしたから」

戸締まりをしないか、と富士太郎は思った。

「洞軒先生が戸締まりをしないことをほかに知っている人はいるかい」

「大勢の人が知っていると思います。先生の患者はほとんどの人が知っているでしょう」

「医者でそのことを知っている人はいるかい」

「お医者で」

眉根にしわを盛り上がらせて、おみつが考え込む。

「さあ、あたしは存じません」

「そうか。おみつさん、もし思い出したら教えてくれるかい」

「もちろんです」

「最後にもう一ついいかい。——この診療所の中でなにか変わったところはないかい」

少し怪訝《けげん》そうにしたが、おみつが診療所内を見回す。

「そこの戸棚の引出しが少し開いていますね」

いわれて富士太郎は目を向けた。戸棚が壁際に置かれているが、一番上がわずかに開いているのがわかる。

「なにが入っているのかな」

歩み寄り、富士太郎は引出しを開けた。

「空《から》だね。洞軒先生が閉め忘れたということはないかい」

「ちがうと思います。洞軒先生は几帳面《きちようめん》な人でしたから、閉め忘れるというようなことはありません」

「この引出しになにが入っていたか、わかるかい」

「小銭じゃないかと思いますけど」

「この診療所はかなりはやっているようだけど、洞軒先生はお金を貯め込んでいたのかねえ」

「そんなことはなかったと思います。洞軒先生はあたしたちからお金を取らなかったですから。あるときでいいから、っていってくださって」

またもおみつが涙ぐんだ。

「では、お金はほとんど持っていないといっていいのかい」

「そういうことだと思います。お金持ちからはしっかりもらっていたんでしょうけど、多分、あたしたちの薬代でほとんど消えていたと思います」

洞軒という男は、医は仁術《じんじゆつ》を地で行くような人物だったのかもしれない。洞軒先生と知り合っておきたかったな、と富士太郎は後悔めいたものを覚えた。

「そのことも大勢の人が知っているのかい」

「はい、多分」

　となると、と富士太郎は思った。小銭が消えているのは、金目当ての犯行か、あるいは金目当てと思わせるための小細工か。

「洞軒先生は独り身とのことだけど、食事や掃除、洗濯はどうしていたんだい」

「食事は行商人から買ったり、暇を見て近くの蕎麦屋や一膳飯屋に食べに行ったりしていたようです。掃除や洗濯はご自分でしたり、近所の者がしたりしていました」

「助手はいなかったのかい」

「前はいましたけど、その若い子が大八車に轢《ひ》かれて死んでしまってから、置く気が失せてしまったようです」

「大八車で。それは気の毒だね。いつのことだい」

「あれはもう三年ばかり前になりましょうか。薬を買いに日本橋のほうへ行ったときだったと聞きましたよ」

　そんな事故が縄張内で起きたなら覚えているだろうが、日本橋では記憶にないのも仕方ないことかもしれない。

「洞軒先生に女はいなかったかい」

「いえ、聞いたこと、ありませんねえ。ときたま気晴らしに飲み屋に行く程度らしかったですよ。先生、どんな楽しみがあったのか」

洞軒にとって、患者と向き合っているときが最も楽しかったのかもしれない。

「洞軒先生が諍《いさか》いや悶着《もんちゃく》を起こしたり、面倒を抱えていたり、という話を聞いたことはないかい」

「いえ、聞いたことはありません。とても温厚な人でしたから、面倒を起こすなんてことはあり得ません」

「洞軒先生がうらみを買っていた、というようなことは」

「いえ、それも聞いたことはありません」

だが、なにかあったからこそ、洞軒は殺されたのだ。

そのなにかを調べ出さなければならない。

三

——あと八日だ。

足早に歩を運びつつ、直之進は思った。

八日後の三月十日に、おきくと祝言を挙げることが決まった。

祝言のすべての段取りは、琢ノ介がしてくれた。どういう伝《つて》があったのか、名料亭といわれる佳以富を祝言の会場として取ることができた。

祝言に出てくれる人たちも、佳以富ならば、きっと喜んでくれるだろう。

あと八日か、と直之進はまた思った。八日後に俺はおきくと夫婦になるのだ。楽しみでならない。だが、まだ実感がわかない。

しかしそれも、夫婦でいるということが当たり前になっていくはずだ。

妻になってくれるおきくを、これからはもっともっと大事にしなければならない。この世の誰よりも幸せにしてやらなければならない。そうでなければ、俺のような男を選んでくれたおきくに申し訳が立たぬではないか。

必ず幸せにしてみせる。

固く決意し、日本橋に向かって直之進は歩き続けた。

船越屋岐助《ふなこしやぎすけ》との面会の約束は暮れ六つ（午後六時）である。

太陽はだいぶ傾いてきているものの、西の地平に姿を消すまでまだ間がありそうだ。暮れ六つまで四半刻（三十分）はあるのではないか。

ようやく本格的な春を迎え、日がかなり長くなってきたのを実感する。風も暖かさをはらんでおり、夕方もだいぶ過ごしやすくなった。寒いのが嫌いな直之進には、実にありがたい季節が巡ってきた。

日本橋というところは、そうそう足を運ぶ場所ではない。果たして道がわかるかどうか、直之進は少し気になっている。できるだけ早く約束の場所に着いておいたほうがいい。

考えてみれば、富士太郎や珠吉は毎日、八丁堀から日本橋を抜け、縄張にしている本郷《ほんごう》や根岸《ねぎし》、駒込《こまごめ》、音羽町のほうまで歩いてくるのだ。大変な苦労ではないか。

だが、富士太郎も珠吉も、そのことをつらいなどと思うたちではない。そういう心構えでいるからこそ、二人はこれまで数多くの事件を解決に導くことができたのだろう。

富士太郎のことだから、直之進さんたちの助力があったからこそですよ、くらいはいうかもしれないが、それだって富士太郎の素直で優しい心根に誰もが打たれ、力を貸したいと思ったからなのだ。

日本橋が近づくにつれ、人の往来も繁くなった。江戸の中心に近づいているのが、はっきりと感じられる。

さらに足を進めると、故郷の沼里《ぬまざと》での秋祭りを十倍にしたかのようなにぎやかさになった。日本橋の町に入ったのだ。

すごい人出だな、と広い道を見渡して直之進は感嘆した。これだけの広さの道は、住まいのある小日向東古川町《こひなたひがしふるかわちよう》にはない。沼里にもむろんない。日本橋以外のどこを探してもないのではないか。さすがに大江戸としかいいようがない。

通りに軒《のき》を連ねる店も、間口が信じられないほど大きい。三十間は優にありそうな大店《おおだな》がずらりと並んでいるのだ。

それに、日本橋という土地の町地がまた広大だ。町人のためにこれだけの広さが与えられている場所は、ここだけではないか。

大名屋敷などの武家屋敷や寺院、神社が江戸のほとんどを占め、町地など全体の一割にも満たないと思えるのに、日本橋だけは見渡す限り町家が途切れずに続いている。

道を行きかう町人たちは威勢がいいというのか、大きな声と明るい顔でしゃべりまくっている。

いま江戸には不景気風が吹いているらしいが、ここ日本橋にはそんなものは決して吹き込んでこないとでもいいたげな顔つきの者ばかりである。

だが、と直之進はすぐさま思い直した。もし江戸が不景気でなければ、ここ日本橋というところは、実はもっとすごいにぎわいなのかもしれぬ。

——おや。

わずかに歩をゆるめ、直之進は耳を澄ませた。今どこからか怒号が聞こえなかったか。

なにやらいやな気が流れてくるのを感じて、直之進は右手の路地を見やった。道を行くいくつもの顔の向こうに、頭一つ以上抜きんでた一人の男が見えた。四十過ぎと思える侍で、かなりの長身だ。六尺はあるのではあるまいか。

背伸びをして直之進が見やると、その侍は五尺そこその小柄な男の腕を取って、手ひどく殴りつけているのがわかった。怒号を発したのは、その侍のようだ。

——どんな理由があるにしろ、見過ごすわけにはいかぬ。

足早に道を横切り、夕闇がいち早く入り込んで暗みをつくりはじめている路地に、直之進は足を踏み入れた。

往来を行きかう大勢の町人たちは路地の出来事に気づいていないのか、それとも、気づいているが関わりを恐れて見ない振りをしているのか、とにかく足を止めようとする者はいない。

「なにをしている」

一間ほどを隔てて、直之進は侍に問うた。身なりはさして悪くないが、侍は一本差であることから浪人かもしれない。相当の腕前の持ち主であることは、腰の落ち方と目の配りから知れた。

「わからぬか」

低い声でいい、小男の右腕をがっちりと取ったまま、侍が直之進に顔を向けてきた。捕らわれている男は、まだ二十をいくつも出ていないだろう。卑屈そうな目をしている。何発も殴られたのか、目のあたりが腫《は》れ、頬は血だらけになっている。

むっ、と侍を見返した直之進は息をのみかけた。直之進を見据える侍の瞳が、あまりに暗かったからだ。まるで漆黒《しっこく》の闇をすっぽりと両目に埋め込んだかのようである。

侍が直之進に顔を向けたのを隙《すき》と見たか、手を大きく振って若い小男が逃げ出そうとした。だが、侍の腕は鉄でできているかのように微動だにせず、男の試みはあっさりと失敗に終わった。

馬鹿めっ、と吐き捨てて侍が男の顔をさらに殴りつけた。がつ、と音が立ち、痛え、と若い男が情けない悲鳴を上げる。上唇が切れ、そこから新たな血がしたり落ちた。

「なにゆえその男を打擲《ちょうちゃく》しなければならぬ」

目を厳しいものにし、数歩踏み出して直之進はたずねた。

「人助けよ」

傲然《ごうぜん》とした口調で侍がいい放った。細い目は切れ上がり、とがったような鼻はわずかに曲がり、上下の唇は右側にゆがんでいる。いかにも冷酷そうな顔つきだ。

「人助けだと。なにゆえ人を殴ることが人助けになる」

「この男は掏摸《すり》なのだ」

掏摸なのか、と直之進は若い小男を見つめて思った。卑屈そうな目は、犯罪に関わっている者特有のものといってよいかもしれない。この男が掏摸だという侍の言葉に、嘘はなさそうだ。

「つまり、その男はおぬしの懐を狙ったというのか。それはまた、命知らずなことをしたものだ」

ふっ、と薄い笑いを侍が見せる。

「おぬし、俺の腕がわかるか。なるほど、おぬしも相当の腕だな。やり合ったら、俺は果たして勝てるかな」

どうだろうか、と直之進は思った。俺のほうこそ互角の戦いに持っていけるだろうか。いや、この侍には勝てないような気がしてならない。腕の優劣ではなく、目の前の侍はなにか得体《えたい》の知れない秘剣を隠し持っている気がしてならない。

どんな剣なのか。直之進は目にしたい衝動に駆られた。だが、あわてる必要はあるまい。いずれその機会は必ず訪れるのではあるまいか。なんとはなしにそんな気がした。

――俺はこの侍とやり合うことになるのか。

背筋を冷たいものが走り抜けた。

「そんなことはどうでもよい」

表情を消して直之進はいった。

「おぬしの懐を狙ったから、その男を打擲しているのはわかった。だが、それがなにゆえ人助けになるのだ」

「掏摸は三十まで生きる者がほとんどいないそうだ。知っているか」

「聞いたことはある」

「この男、見たところ、まだ二十そこそこだろう。にもかかわらず、こやつの腕には入れ墨がもう三本も入っている」

これだ、と侍が若い男の袖《そで》をめくった。

「つまり、こやつは掏摸でもう三度も捕まったということだ。四度目は有無をいわさず死罪になる。三度目に捕まったとき、こやつは江戸所払《ところばらい》になったはずだ。本当ならこやつは今、江戸におってはならぬ。旅姿をしておれば見逃してもらえるという話も聞くが、果たして本当のことかどうか。仮に、掏摸で捕まらずとも、法度《はっと》を破って番所の者に捕まればこやつは死罪になる。これも知っておるな」

うむ、と直之進は答えた。

「俺は、この男を番所に突き出す気はない。その代わりに、思い切り殴りつけてやっているのだ。いやになるほど殴りつければ、人の懐を狙うことがほとほといやになるのではないかと思ってな」

打擲することで、掏摸から足を洗わせようとしているのか。

「もともとこやつは江戸所払の身なのだから、江戸にもいられなくしてやったほうがよかろう。もしおまえを再びこの町で見かけたら、そのときは容赦なく叩っ斬ってやる、と俺はこの男に伝えた。こやつは、必ず江戸を出ます、と答えた」

そういうことだったか、と直之進は思ったものの、この侍はただこの若い男をいたぶりたいだけなのではないか、と闇を溶かしたような目を見て感じた。

「あまりやり過ぎると死ぬぞ」

はっは、と侍が笑った。快活な笑い声が暗さの増してきた路地に響き渡る。

「塩梅《あんばい》は心得ておる。糞虫《くそむし》のような男を殺す気など、さらさらない。手が汚れるだけだ」

糞虫という言葉が気に障《さわ》ったのか、若い男がかすかに眉をつり上げた。

「ならば、もう十分なのではないか。解き放ってやればよい」

「そうさな」

若い男の襟元を両手でつかみ、侍が軽々と小柄な体を持ち上げた。首が絞まって若い男が苦しそうにするが、侍の手は力強く、ほとんど身動きできずにいる。

「もう掏摸はせぬか」

「も、もちろんでさ」

息もたえだえに若い男が答える。

「江戸を出るか」

「はい、明日にでも」

「今日だ」

「わ、わかりやした」

「もしまたきさまを江戸で見かけたら、本当に殺すぞ。よいか、これは脅《おど》しではない」

「わ、わかりました」

「きさま、糞虫という言葉が気に障ったようだが、それだけの矜持《きょうじ》があるのなら、掏摸をやめるのは難儀なことではあるまい。どうだ」

「おっしゃる通りでございます」

「いい返事だ。きさま、名は」

「いわなきゃいけませんか」

宙につり下げられたまま、男が苦しげにたずねる。

「言え」

「ま、桝吉《ますきち》といいます」

「桝吉か。なるほど、掏摸というちんけな生業に似合った名だ。本名か」

「もちろんで」

「名をつけた親も掏摸だったのか」

「いえ、あっしはみなしごでさ」

「ほう、みなしごか。では、誰がつけた」

「さあて」

桝吉が首をひねろうとしたが、むろん自由は利《き》かない。

「物心ついた頃には、まわりの者たちからこの名で呼ばれていたんで」

「まわりの者たちとは」

「みなしご仲間です」

「そいつらとは今も仲間か」

「いえ、もうつき合いはありません。なにしろほとんどが牢に入ったか、死んじまっていますから」

「そうか、生き残りというわけか。桝吉、きさまは幼い頃から掏摸しか生きてゆく道がなかった口なのだな。――掏摸は一人だけでやることはなく、徒党を組んで行うと聞くが、きさまは一人なのか」

「はい、さようで。人とつるむのは、好きではないんで」

「だが、その手の組に属しておらぬと、半殺しの目に遭うと聞いたぞ」

「そういう連中に捕まれば、手の指すべてをへし折られます」

それは本当のことなのか、と直之進は聞き返しそうになった。江戸の暗黒を垣《かい》間見《まみ》たような思いだ。

「十本の指を折るのか。そいつはまた剣呑《けんのん》な話だ。二度と仕事ができぬようにするわけだ。きさまはぴんぴんでやってきたのだな」

「へえ。どうせ長生きはできねえと思っていましたんで」

「その気持ちは今も変わらぬか。ならば、ここで殺してやったほうがいいか」

桝吉が背筋をぴくりと痙攣《けいれん》させた。

「いえ、そ、それはご勘弁を」

だがその声が届かなかったかのように殺気が放たれ、侍の体が熱を帯びてゆく。

本当に桝吉を殺す気なのではないか、と直之進は危ぶみ、鯉口《こいぐち》を切りかけた。

泡を吹きそうな顔で、桝吉は口をがくがくさせている。

「案ずるな、殺しはせぬ」

どうやらこれは直之進に向けていった言葉のようだ。焼け石にかけられた水のように、侍から殺気が一瞬にして消えた。

ようやく侍が桝吉から手を放した。地面に両足をついた桝吉が体を丸め、ひどく咳き込んだ。直之進は背中をさすってやりたいくらいだったが、その前に桝吉の咳がやんだ。今度は、ああ、痛かった、と桝吉が自らの手をなでさすった。ちらりと侍に目を向けたが、今にも小便を漏らしそうな顔をしていた。

「とっとと去《い》ね、桝吉」

「へ、へえ」

いじけたような目で桝吉が直之進に頭を下げ、両手で土をかくような姿勢で路地から通りに出ていった。

あの様子では、と直之進は思った。江戸を出ていかないにしろ、ここしばらくはさすがに掏摸をやることはないのではないか。

「どうだ、人助けという言葉に偽りはないであろう」

誇ったような口調で侍がいう。

「ああ」

本心から直之進は答えた。

「おぬし、名は」

不意に侍がきいてきた。

「聞いてどうする」

「なに、わけはなくとも、俺は人の名を知りたいたちなのだ」

告げなければ怯えていると勘違いされそうな気がして、直之進は堂々と名乗った。

「湯瀬直之進か。なかなか強そうな名ではないか。それにしても、人に名をきくときはまず名乗ってからきけ、などと、つべこべ抜かすやつが多い中、おぬしはずいぶんと素直よな」

俺はそんなに素直だろうか、と直之進は自問した。確かにそうかもしれぬ。だが、決して恥ずべきことではあるまい。

「おぬしの名は」

「ふむ、名乗らぬわけにはいかぬな。俺は北杜《ほくと》数馬《かずま》という」

ずいぶんと優しげな名ではないか、と直之進は感じた。だが、数馬の目を見る限り、思いやりがあり、情が細やかであるようには見えない。

「北杜どの、おぬしは江戸の者か」

「そうだ。おまけに、この世に生まれ落ちたときからの浪人よ」

その割には身なりがいい。

「生業が気になるという顔だな」

笑いながら数馬が指摘する。

「その通りだ」

「生業らしいものはなにもない。商家を強請《ゆす》って食っている」

意外なことを聞かされて、直之進は目をみはった。

「まことか」

はっは、と明るい笑い声が響き渡る。

「信じたか。やはり素直な御仁《ごじん》よな。おぬしはなにを生業にしている。二本差ということは、浪人ではないようだが」

「俺はさる大名家に仕えている。捨《す》て扶持《ぶち》をもらい、自由にさせてもらっている」

「捨て扶持をな。どんな理由でもらうことになったのか聞きたいものだが、それよりもおぬし、なにか用事があって日本橋に出てきたのではないのか。このようなところで油を売っていてもかまわぬのか」

あっ、と直之進は呆然とした。

「早く行くがよい」

数馬にうながされ、直之進はうなずきを返した。体を返し、だっと駆け出す。

「湯瀬どのとやら、また会おう」

路地を走り出ようとした瞬間、直之進の背中に数馬の声がかかった。

「きっとまた会うことになるのは、おぬしもわかっているであろうがな」

その通りだ、と足を運びつつ直之進は思った。空を見上げる。まだ明るさはわずかに残っているが、もう暮れ六つといっていい刻限だろう。

急いでいるときほど冷静になるほうがよいのは、これまでの経験からわかっている。三人の町人に続けざまに道をきいて、直之進はなんとか、日本橋小舟町《こぶなちょう》の五十川《いそかわ》という料亭に着いた。

船越屋岐助と約束していると、出入り口に出てきた女中に告げると、直之進は離れに案内された。大刀は出入り口で女中に預けた。

もうとうに来ているものと思っていたが、肝心の岐助はまだ姿を見せていなかった。

清潔な八畳間に一人で座り込み、甘みのある茶を喫していたが、直之進はなぜか胸騒ぎがしてならなくなった。北杜数馬のときにも感じたようないやな気が、外から離れに流れ込んできている。

湯飲みを膳に返し、直之進は立ち上がった。

離れを出て、廊下に踏み出す。そのまま廊下を出入り口のほうに進んだ。

「あの、どうかされましたか」

出入り口まで来たとき、客待ち顔の女中に直之進は声をかけられた。

「いや、約束の者が来ぬのでな、気になって様子を見に来たのだ」

そのとき、なにか悲鳴が聞こえた。近くだ。

――岐助どのの身になにかあったのではないか。

急いで暖簾《のれん》を払って直之進は外に出た。悲鳴が聞こえたほうに走り向かう。五十川の左手に位置する路地から、一人の男が飛び出してきた。

あれは、と直之進は瞠目《どうもく》した。与野造《よのぞう》ではないか。岐助にいつも供としてついている手代である。手代といっても、実は岐助の警護役なのではないかと直之進はにらんでいた。

「与野造どのっ」

直之進の声は届いたはずだが、与野造は振り返ることなく、そして足を止めることもなく、直之進とは反対の方角へ走ってゆく。

与野造を追おうとして、直之進はとどまった。路地をのぞき込んだら、地面に横たわる人影が見えたからだ。

すでに息があるようには見えなかったが、放っておくわけにはいかない。路地に走り込んで直之進は人影のかたわらに膝をついた。

「岐助どの……」

うつぶせに倒れている岐助の目が無念そうに開いている。背中を鋭利な刃物で一突きにされたようで、血がおびただしく流れ、地面に血だまりをつくっていた。

どうしてこんなことに。

直之進は路地の出口を見やった。野次馬が集まりはじめている。

これは与野造の仕業なのか。

だが、その考えは胸にしっくりとこなかった。

第二章

一

腕組みをした富士太郎は、むう、と我知らずうなり声を漏らした。

横にいる珠吉も驚きを隠せずにいる。腰がわずかに浮いていた。

「その話は本当かい」

身を乗り出して、富士太郎は目の前の男に確かめた。

「ええ、本当でやすよ」

吟五郎《ぎんごろう》と名乗ったやくざ者はあっさりとうなずいた。

「洞軒先生は裏の稼業として、金貸しをしていたんでさ」

にわかには信じられないね、と富士太郎は思った。だが、人には必ず裏の顔があるものだ。医は仁術を地で行くような洞軒も、決して例外ではないのかもしれない。

「洞軒さんが金貸しをしていたことを、どうしておまえが知っているんだい」

それですかい、と吟五郎がいった。

「洞軒先生は本道だけでなく外科の腕のよさもよく知られていましたから、あっしも傷を負ったときに必ず世話になったもんでさ」

やくざ一家の建物をこうして目の当たりにしてみると、どこかみすぼらしく、あまり威勢がいいとはいえないようだ。だが、そんなやくざでも、一丁前に他の一家との諍いがそれなりにあったりするのだろう。

ここ音羽町といえば参詣客が絶えない護国寺《ごこくじ》がすぐ近くにあり、繁華な町といっていい。それだけに縄張争いが激しいのかもしれない。

「おまえの調べがついたからこそ、おいらたちはここまで来たんだよ。吟五郎、早く話を進めな」

洞軒の患者を何人か調べているうちに、富士太郎と珠吉はこの吟五郎という男に行き当たったのである。

「へい。八丁堀の旦那もご存じかと思いますけど、うちの親分は、萬之助《まんのすけ》といいます——」

薄汚れた壁をちらりと見上げて、吟五郎がいう。富士太郎が見上げると、蜘蛛《くも》が這っていた。

吟五郎が目を富士太郎に戻した。

「萬之助親分は肝の臓が悪くて、ときおり洞軒先生に診てもらっていやした」

通されたのは萬之助一家の客間らしいが、掃除が行き届いていない様子で、蚤《のみ》でも畳にいるのか、富士太郎は臑《すね》のあたりがむずがゆくなっている。

きっと珠吉も同じだろう。やくざ者を前にして臑をぼりぼりとかくわけにもいかず、富士太郎は難しい顔つきをして、唇をかたく引き結んだ。

「ふむ、それで」

吟五郎をにらみつけるようにして、富士太郎は先をうながした。

「かれこれ三、四年はたちますかね、ある日、薬の仕入れ代にも洞軒先生が事欠いているのを、うちの親分は知ってしまったんですよ。それで、金貸しをしたらどうかって、親分が洞軒先生に知恵をつけたんですよ。洞軒先生はさすがに気乗りしない様子だったんですが、背に腹はかえられないってことではじめたようです」

「金貸しをするには元手がいる。洞軒先生は、どうやってその金を工面《くめん》したんだい」

「うちの親分が都合しました」

「もちろん、ただで萬之助親分は都合したわけじゃないだろうね」

「へい、おっしゃる通りで。でも、親分も儲《もう》け無しみたいなものだと思いますぜ。うちの親分、けっこう人がいいものですからね」

子分が親分をかばう。萬之助という親分のことを富士太郎はろくに知らないが、意外に情にもろい男なのかもしれない。

「どういう者を相手に洞軒先生は、金を貸していたんだい」

吟五郎をじっと見据えて、富士太郎は新たな問いをぶつけた。

「貧乏人には貸さないって決めていたようです。貸したところで、どうせ自分には取り立てられないだろうからって」

病人から薬代を取らない医者が、貸した金を催促し、徴収できようはずもない。

「だから、ほとんど商家を相手にしていましたよ。建物を建て直そうという者だとか、暖簾分けされて新たに店をはじめようとする者だとか、ちょっと仕入れの金が足りない者だとか、金が足らずに支払いに間に合わない者だとか。ときおり、拝み倒されて相場を張る者にも貸していたようですけど」

「なるほど、貸す相手は手堅く選んでいたようだね。でも、当てが外れて金が返ってこないなんてことはなかったのかい」

「ほとんどありませんでしたね。なにしろ、あっしらが洞軒先生の後ろに控えているのを知りながら借りに来る者ばかりでしたから」

「おまえたちが背後にいることがわかっていて、よく金を借りに来る者がいたものだね。おいらはそのことに感心しちまうよ」

「なにしろ洞軒先生は人がよかったですからねえ」

洞軒のことを思い出したのか、吟五郎がうっすらと涙を浮かべた。

「それだけじゃありませんぜ。とにかく薬の仕入れ代が出ればいいのだからと、利がずいぶんと安かったんですよ。なにしろ市中の金貸しの半分ですよ」

「半分かい。そいつは借りるほうにとっては、うれしいだろうね。おまえたちのことに目をつむっても、金を借りに来るのも当たり前だね。——ところで、低利で金を貸し出したことをうらみに思った金貸しはいないかい」

ふと思いついたことを、すかさず富士太郎は口にした。

「さて、どうですかねえ」

目尻をぬぐって吟五郎が首をひねる。それを珠吉がじっと見ている。本物の涙か確かめているのだろう。

「もしかしたら、あっしの知らないところでいるのかもしれないですけど、正直、洞軒先生が金貸しのほうに回していた金は、市中の金貸しが商売を脅《おびや》かされるほどの額ではありませんや」

「それだけ金額が少なかったってことだね。洞軒先生はどれくらいの金を貸し金に回していたんだい」

「せいぜい百両ってところですね」

庶民にとっても富士太郎にとっても、とてつもない大金である。だが、と富士太郎は思った。金貸しについて詳しく知っているわけではないが、確かにその程度の額では、金貸しを本業にしている者にとっては、顔にたかる蠅《はえ》程度にもならないのかもしれない。

百両もあればそのまま薬の仕入れに回したほうがいいのではないか、という気もするが、効き目の高い薬を入手しようとすれば、その程度の金、すぐに吹っ飛んでしまうのだろう。

だとすれば、少しずつでも金貸しで利を得て、その百両を活かしていったほうが、確かによいのかもしれない。危うそうに見えて実は洞軒という医者は賢明な道を選んだのではないか、という気に富士太郎はなってきた。

「八丁堀の旦那には明かしておきますけど、実はうちの一家も金貸しをしているんですよ。それで、まともな客を洞軒先生に紹介したことが何度もありますよ。そのたびに借りるほう、貸すほう、両方から感謝されましたよ」

「ふむ、そうかい」

気のない相槌《あいづち》を富士太郎は打った。

「吟五郎、本当に金の貸し借りで洞軒先生にいざこざがあったというようなことはないのかい。たとえば、洞軒先生を拝み倒して金を借りた相場師なんかはどうだい」

珠吉も同じ疑問を持っていたようで、わずかに体を前に出した。

「そういわれてみれば、相場師に金を貸して返済が滞ったという話がありましたね」

やはりね、と富士太郎は心中でうなずいた。

「その相場師は今どうしているんだい」

「とっくにあの世ですよ。負けが込んで、首をくっちまいました。もう一年も前のことですよ」

だったら、一昨日の夜に洞軒を殺せるはずもない。

「洞軒先生の百両の金は、今いろいろな人たちが借りているってことかい」

「まあ、そうなりますね」

「儲けはすべて薬代かい」

「俗にいう、右から左にってやつですね。ちょっとでも金が入ったら、薬種問屋の手代が待ち構えていて、持っていきましたよ」

「じゃあ、診療所にはないってことか。でも金を貸してほしい人が来たとき、どうするんだい。診療所に金がないんじゃ、話にならないんじゃないのかい」

「診療所の隣にうちの一家の家作があるんですよ。そこを金貸しの場として、洞軒先生に貸していました」

「そういうことかい。おまえたちは、なにからなにまで洞軒先生の面倒を見ていたんだね」

「うちの親分は病がよくなって、それだけ洞軒先生に感謝していたんでしょう。先生が殺されちまって、親分も途方に暮れているようですよ」

「そうだろうね」

これからどうすればいいのか、と思案に余る患者は少なくないだろう。

「八丁堀の旦那――」

口調を改めて吟五郎が呼びかけてきた。

「洞軒先生が殺されちまったのは、金絡みじゃないんじゃないですかねえ」

「だったら、なんだというんだい」

珠吉も富士太郎と同様、厳しい目を吟五郎に当てている。

「やはり本業のほうじゃありませんかい。いくら腕がいいっていっても、すべての患者を救えるわけじゃありませんからねえ」

「吟五郎、残念ながら、そっちはおいらたちはだいぶ当たったんだよ。昨日はずっとそっちのほうばかり調べていたんだからね。これまで十五人に話を聞いたよ。いずれも洞軒先生を悪くいっていたけど、殺すことはできない者ばかりだね。身内を失った悲しみを、洞軒先生のせいにしたい者がほとんどで、中には本気で洞軒先生のことをうらんでいた者もいたけれど、一昨日の晩に洞軒先生を殺すことなどできるはずもないものばかりだった」

「十五人も当たったんですかい。その中に免太郎《めんたろう》という男はいましたかい」

「免太郎かい。ああ、いたよ。洞軒先生にせがれを殺されたっていう男だね」

「やはりご存じでしたか」

うん、と富士太郎は首を縦に動かした。

「せがれが腹痛を起こして担ぎ込んだとき、診療所に急患が来ていて、それに洞軒先生はかかりっきりだった。急患の手当が終わったあとせがれを診てもらったが、もうそのときには手の施しようがなかった。もしあのとき洞軒先生がすぐに診てくれていたらせがれは助かったかもしれないのに、ということだったね」

「ええ、さいですよ。――免太郎は洞軒先生を殺してはいないんですね」

「そうだよ。洞軒先生が殺されたと思われる刻限に、免太郎はなじみの飲み屋にいたんだ。免太郎は酔って、くだを巻いていたんだよ。検死医師によると、洞軒先生が殺されたのは、深夜の九つから明け方の七つのあいだということだ。その刻限には何人もの常連が一緒にいて、免太郎がその飲み屋を一歩も出ていないことを証言したんだ」

「さいですかい」

少しおもしろくなさそうに吟五郎がつぶやいた。

「吟五郎、おまえ、免太郎になにかうらみでもあるのかい」

富士太郎がきくと、唇をゆがめて吟五郎が言葉を吐き出す。

「うらみってほどのことではないんですけど、前に女を取られましてね」

「それは、免太郎の死んだ女房のことをいっているのかい」

さいです、とやや暗い目をして吟五郎が顎《あご》を引いた。

「免太郎は腕のいい錺《かざり》職人でした。せがれを失った今は酒に溺れてばっかりいるらしいから、昔の腕があるかどうか知りませんけど」

一つ息を入れて吟五郎が続ける。

「あっしのような人の道を外れた男を、いくら好きだからといって、ちゃんとした町家の娘が選ぶはずもなく、はなから免太郎との勝負は相手になりませんでしたよ。ですがね、もしおつるがあっしの女になっていたら、産後の肥《ひ》立《だ》ちが悪くて死んじまうような真似はさせなかったのにって、今でも思うんですよ。おつるはいい女でしたぜ」

悔しげに唇を嚙み、吟五郎が瞳を光らせる。

「今も忘れられないかい」

「忘れろっていうほうが無理のような気がしますね」

そうかい、と富士太郎はいったが、すでに免太郎のほうに同情の気持ちが湧いていた。つまり免太郎は女房を失ったあと、大事な大事な一粒種《ひとつぶだね》まで亡くしたことになるのだ。洞軒でなくとも誰でもいいから、とにかく人にうらみをぶつけたくなるのも、道理という気がする。

「でしたら八丁堀の旦那、同業はいかがですかい」

しばらく沈黙したあと、吟五郎がぽつりとつぶやいた。

同業とはきっと医者のことを指していっているのだろうね、と感情の高ぶりを覚えつつも富士太郎は冷静に考えた。すぐさま吟五郎に確かめる。

「同業というと、やくざ者のことかい」

「いえ、洞軒先生のほうの同業ですよ」

「ほう、同業に洞軒先生のことをうらみに思っていた者がいるんだね。それは誰だい」

膝の上に置かれている珠吉の手がぎゅっと握り締められた。

「内江《ないこう》先生というんですが、ご存じですかい」

眉根を寄せて富士太郎は首をひねった。

「どこかで名は聞いたことがあるような気がするね」

珠吉も同じようだ。

なにゆえ、内江という医者に記憶があるのか。医者にしては珍しい名であるのが関係しているのか。

「内江先生は、前に八丁堀の旦那のお世話になっていますぜ」

思い出すきっかけになればとでも思ったか、吟五郎が助け船を出してきた。

「ほう、そうなのかい。内江先生という人物は、番所の世話になるような真似をやらかしたんだね。そいつをおいらが受け持ったのか。――ああ、内江先生か、そういえばいたね」

赤々とした提灯の光が脳裏に一瞬でよみがえった。内江というのは、なじみの居酒屋で、酒に酔って人を殴りつけた医者ではないか。

あのときは内江を町奉行所に連れてゆくことも考えたが、相手の怪我も大したことはなく、富士太郎は一晩、音羽町の自身番に留め置くことで処置した。

もともと内江の酒癖の悪さはよく知られていたらしく、飲まなければ、老猫《ろうびょう》のようにおとなしい人であるとのことだった。

あれは、と富士太郎は頭の中で年月を数えた。今から二年半ばかり前のことだ。当時、内江はすでに七十をいくつか過ぎた老齢だったが、今もなお現役の医者として健在というわけか。

「内江先生は、確かこの近くの八幡坂町《まちまんざかまち》に住んでいたね」

「ええ、その通りで」

「内江先生は、どうして洞軒先生にうらみを抱いているんだい」

「患者を取られたと思い込んでいるようなんです。一月《ひとつき》ばかり前ですかね、内江先生がなじみにしている飲み屋に、ふらりと洞軒先生が入ってきたことがあったらしいんです」

ほう、と富士太郎はいった。珠吉も真剣な眼差しを吟五郎に注いでいる。

「洞軒先生は、内江先生が自分のことを嫌っていることを耳にしていたんでしょうねえ。一杯だけで出てゆこうとしたようなんですが、すかさず内江先生が絡んだらしいんですよ。相手にせずに洞軒先生は勘定を済ませたようですが、内江先生は傷の手当に使うような刃物を懐から取り出して、おまえ、殺してやるからな、と叫んだというんです」

「実際には、なにもしていないんだね」

「ええ。でも刃物を指さして、こいつで刺してやるっていい放ったらしいんですよ」

「患者を取られたために殺してやるなんていったのか。患者なんて気まぐれだから、別の医者の評判がいいって聞けば、すぐに移ってしまうものじゃないかな」

「八丁堀の旦那のおっしゃる通りなんでしょうが、取られたほうはなかなかそうは考えないようですね」

　それが人というものかもしれないね、と富士太郎は思った。

「じゃあ、これから内江先生のところに行ってみようかね」

「あっしがちくったただなんて、いわないでおくんなさいね」

「そのあたりは信じておくれ。おいらの口は堅いよ。——ああ、そうだ、吟五郎、一ついいたいことがあるんだけどね。この部屋の掃除をもう少しきちっとしてほしいもんだね」

「は、はい、わかりやした」

「いろいろと話を聞かせてもらって、ありがたかったよ」

　吟五郎に礼をいい、富士太郎は珠吉とともに萬之助一家をあとにした。


　両手が震えている。

　これでは、なにをするのにも不便で仕方ないだろう。病人を診ることなど、できないのではないか。薬の調合も無理だろう。

　できるだけ内江の手を見ないようにしながら富士太郎は、酒の飲み過ぎなのか、それとも歳を取ったせいなのか、と考えた。

前者ではなかろうか。医者の不養生《ふようじよう》というが、目の前の年老いた医者も酒さえ浴びるように飲まなければ、今みたいに閑古鳥《かんこどり》が鳴くような診療所にはならなかったのではないか。患者を洞軒に取られたわけではない。患者たちは自然とこの診療所を敬遠するようになったのだろう。

もし本当に内江が患者を取られたと洞軒のことをうらんでいたとしたら、逆《さか》うらみ以外の何物でもなかろう。

しかし、と富士太郎はすぐに思い直した。この手の震えようでは人殺しなど、とてもやれるはずがない。心の臓めがけて匕首で一突きなど、できようわけがない。

斜め後ろに控える珠吉も富士太郎と同じことを考えているのは、顔を見ずとも明らかだ。

もし手の震えが芝居だとしたら、内江は大した役者だといわねばならない。だが、これはやはりなにか病に冒《おか》されているにちがいあるまい。

医者であるために内江は頭を丸めているが、白いものがぽつりぽつりとまばらに頭皮に生えてきている。浮いた頰骨に山羊《やぎ》のひげのような眉毛、垂れ下がった口角に、人としての卑《いや》しさがにじみ出ているような気がした。

内江は、診療所にやってきた富士太郎と珠吉を不思議そうに見つめている。なぜここに町奉行所の役人があらわれたのか、わけがわからないという顔だ。

これもおそらく芝居ではあるまい。

「内江先生、一昨日の晩、洞軒先生が殺されたことを知っていますか」

「えっ、洞軒が。ま、まことか」

腰が浮くほど驚いてみせたが、一瞬、喜びの色が内江の瞳に浮かんだのを、富士太郎は見逃さなかった。

内江は、本当に洞軒の死を知らなかったのだ。この男はなにもしていないことを、富士太郎は確信した。

「誰に殺されたのかな」

内江が大きく息をついて気持ちを落ち着けてから、人をうかがうような目できいてきた。

「それがしどもは、今それを調べています。内江先生は、下手人に関して心当たりはありませんか」

内江がにやりと卑屈な笑みを浮かべる。

「もしや、わしが疑われているのではないのかな」

「内江先生が下手人でないのは、それがしはよく存じておりますよ」

「はてさて、どうかな。本当はわしが殺ったのかもしれんぞ」

ふふふ、と内江が余裕の笑みを見せる。

「では、うかがいます」

姿勢を改めた富士太郎は口調に厳しさをにじませた。

「一昨日の深夜、正確にいえば九つから七つにかけてですが、内江先生はどこにいらっしゃいましたか」

「一昨日の真夜中……」

顎をなでさすって内江がつぶやく。

「ここで寝ていたような気がするな」

顔を上げ、内江が狭い部屋を見回した。薄汚い布団が壁際に置かれ、そこからなにやら饐《す》えたようなにおいがしている。隣の襖の向こうに診察室があるようだ。

「それを証《あか》してくれる人はいますか」

「いや、残念ながらおらんな。わしは独り身で、助手も置いておらんので」

さようですか、といって富士太郎はわずかに身を乗り出した。

「なじみの飲み屋で洞軒先生と会ったとき、刃物を取り出して、殺してやるとすごんだそうですね。それはまちがいありませんか」

「えっ、あれは――」

内江の顔が、色を塗りつけたように青くなった。

「確かに、わしは刃物を取り出した。刃物といっても鋏《はさみ》だぞ。殺してやるともいったが、それもただ口にしただけだ。わしは洞軒を殺してなどおらん。信じてくれ」

「本当に殺していませんか。洞軒先生は鋭利な刃物で刺し殺されていました。検死医師によれば、その殺し方は実に手慣れた感じがするということでした。下手人は医者かもしれないともおっしゃっていました。内江先生が、飲み屋で洞軒先生を脅した鋏が凶器かもしれませんね」

「いや、ちがう。わしはそんな真似はしていない。一昨日の夜はここで本当に寝ていたのだ。あの晩は酒を飲まなかった。なぜか飲む気がしなかった。飲むと、八つ（午前二時）頃に目が覚めてしまうことが多いが、一昨日の晩は一度も目を覚まさなかった。朝までぐっすりだったんだ」

泡を食ったような必死の表情で、内江がいい募《つの》る。先ほどまでの余裕は消え失せている。

「医者が下手人だというのなら、わしは一人心当たりがあるぞ」

口から唾を飛ばす勢いでなおも内江がいう。

「ほう、誰です」

はやる気持ちを抑え、富士太郎は平静な表情できいた。

「伴斎という医者だ」

「その伴斎という医者には、洞軒先生を殺す理由があるのですか」

「ああ、あるとも」

「どんな理由です」

「ねたみさ」

「どんな類のねたみですか」

「わしと似たようなものだが、洞軒の腕に対するねたみだ」

嫉妬みたいなものといってよいだろうか。

「ねたみで、その伴斎という医者は洞軒先生を殺したというのですか」

「むろん伴斎が下手人かどうか、断定はできんさ。だが、下手ならうらみよりもねたみのほうが、根深いものがあるぞ」

乾いた唇を内江がなめる。

「もともと伴斎と洞軒は、同じ医者のもとで助手として働いていたんだ。厳しい師匠だったが、伴斎は弟弟子《おとうとでし》の洞軒をかばうようにいろいろと面倒を見てやっていたらしい。本人の努力もむろんあったのだろうが、洞軒が独り立ちできたのは、いち早く独立して診療所を開いていた伴斎のおかげといってよかろう。洞軒が早く独り立ちできるようにと、伴斎は自分の稼ぎをだいぶ融通してやったらしい」

「ほう、すばらしい。なかなかそこまでできるものじゃない」

「そうじゃろう」

我が意を得たりとばかりに、内江が深くうなずく。

「――その後も伴斎は洞軒に金の援助をしてやったし、患者も紹介したらしい。名の知れた料亭で食事をさせたり、うまい酒をたらふく飲ませてやったりしていたとも聞いた」

「伴斎という人は、なんとも面倒見がいい人なのですね」

「それだけ洞軒のことを見込んでいたということもあるんじゃろうが。最初のうちは洞軒も感謝の意を表して腰巾着《こしぎんちゃく》のようについてまわっていたらしいが、そのうち伴斎が飲みに誘っても、体調の悪さなどを理由に断るようになったようだな。多忙だったのだろう。それに洞軒は、ときおり、口にする程度で酒を寄せつけたくないと考えている節《ふし》があった。医術を究《きわ》めるために、邪魔物であると思っていたのだろう」

富士太郎自身、酒はほとんど口にしないから邪魔物という感じはよくわからないが、飲み過ぎて正体をなくし有り金を取られたり、酔った勢いで人に乱暴をはたらいたり、酔っ払い同士の諍いでときに人死《ひとじ》にが出たりすると、酒というのは人にとって有益とはとてもいえないのではないか、と思うことがしばしばある。やめられるものならすっぱりと縁を切ったほうがいいのだろうが、酒というのはそうたやすく断ち切れるものではないらしい。

洞軒は、と内江が続ける。

「伴斎から身を遠ざけるために音羽町に移ってきた。音羽町に自力で居を構えた洞軒の評判は、あっという間に伴斎を追い越し、肝の臓の病に関しては知る人ぞ知る医者にまでなった。伴斎のほうはといえば、いっときは羽振りがよかったようだが、今は鳴かず飛ばずといってよい。そこそこ患者は来ているのだろうが、以前ほどの威勢はない」

弟弟子に追い越された兄弟子というのは、どんな気持ちになるのだろう。本当に殺してしまうほど憎悪を抱くものだろうか。

「伴斎は、洞軒のことが憎くてたまらなかったはずだ。男の嫉妬は怖いからな。女とは比べものにならないほど、ねちっこいぞ。もし洞軒が早死にすることがあれば下手人は伴斎以外になかろう、とわしはずっと前から思っていた。わしが洞軒《や》を殺るまでもないさ」

なるほど、と富士太郎はいった。

「しかし、内江先生はどうしてそこまで詳しく知っていらっしゃるのですか。もしや洞軒先生と伴斎という者が師事していた医者は、内江先生なのでは」

「いや、そうではない。二人が師匠として仰いだ医者はわしの兄だったんだ。もうとっくにくたばっちまって、あの世にいるがな」

伴斎の診療所の場所をきき、富士太郎と珠吉は内江の前を辞した。

「旦那も人が悪いですねえ」

内江の診療所をあとにしてしばらくしたとき、珠吉がいった。

「えっ、なんのことだい」

「旦那、とぼけっこはなしですよ」

「ああ、内江先生を脅したことかい」

「さいですよ。旦那は、内江先生が洞軒先生を殺していないことを承知で、問い詰めるような物言いをしましたね」

「珠吉は、おいらのやり方がまずかったといっているのかい」

気弱げに富士太郎はたずねた。

「いえ、そんなことはいっていませんよ。旦那は厳しい口調でいうことで、内江先生から手がかりを得ようとしたんですよね。旦那もそういう芸当ができるようになったんだなあと、あっしはむしろ頼もしく思いましたよ」

「人としてどうかなあ、とは思ったんだよ。年寄りをいたぶるようなものだからね。でも、死んだ洞軒先生のためだからって、おいらは心を鬼にしたのさ」

「旦那、よくがんばりましたよ。もう旦那は一人前といっていいんじゃないでしょうか」

「珠吉、そいつは持ち上げすぎだよ。一人前になんか、おいらはずっとならないよ。いつか一人前になることを夢見て、おいらは常に上を目指してゆくんだからね」

珠吉がにこりと笑う。

「それはまたすばらしい心がけですね。あっしは旦那に惚れちまいそうですよ」

「惚れちゃあ駄目だよ。おいらには智ちゃんという許嫁《いいなずけ》がいるんだからね」

智代といつ一緒になるべきか。このところ富士太郎はそればかり考えている。

この夏くらいに祝言を挙げられたらいいかな。いや、もっと早いほうがいいんじゃないかな。智ちゃんもきっと待っているだろうし。でも、これぱっかりは自分の気持ちだけではどうにもならないからねえ。うちの場合は、母上がすべてを仕切っているからねえ。

「旦那、智代さんをいつまでも許嫁のままにしておくのはよくありませんぜ」

「おいらも、それについては頭を悩ましているんだよ」

「ああ、さいでしょうね。旦那こそが智代さんのことを一番に考えているんだった。旦那、出過ぎた口をきいてしまい、すみませんでした」

「いや、謝ることはないよ。珠吉だって、おいらたちのことを考えていってくれたんだからね」

その後、しばらくのあいだ無言で二人は道を歩き進んだ。

「――ところで旦那」

なにか思いついたことがあったか、前を行く珠吉が振り向いた。

「伴斎さんという医者の診療所は、浅草《あさくさ》のほうにあるとのことじゃないですか」

「うん、浅草阿部川《あべかわ》町だったね」

「浅草は旦那の縄張じゃありませんね、足を踏み入れるに当たって、担当の旦那に断りを入れずともかまわないんですかい」

浅草あたりを縄張にしているのは、同僚の喜多條《きたじょう》九太夫《くだゆう》である。富士太郎は九太夫と仲がよい。だからといって、それに甘えて九太夫の了解を得ずに縄張に入り込むわけにはいかない。

実際のところ、探索の最中、どうしても縄張をまたいでしまうことが多々あり、こういうときのために定廻り同心のあいだですでに決めごとがある。縄張に入ってすぐにその町を担当する同心に会えればよいが、それがかなわないときは、自身番に言伝《ことづて》をしておけばよいことになっている。その後、奉行所に戻ったときに改めてそのことを告げれば、なんの後腐《あとくさ》れもない。

そういうことになっているのを、富士太郎は珠吉に伝えた。

「ああ、さいですかい。そんなふうにいつの間にか決まっていたんですね」

「あれ、珠吉に教えていなかったかね。それは済まないことをしたね」

「いえ、教えてもらったのに、あっしが失念しただけかもしれやせんよ。あっしももう歳ですからね」

「珠吉は若いよ。歳だなんて、そんなことはないよ」

「さいですかねえ。世辞でもそんなふうに旦那にいわれると、うれしいですねえ」

「お世辞なんかじゃないよ」

　そんなことをいい合いながら、富士太郎と珠吉は道を急ぎ足で進んだ。

　半刻（一時間）以上かかって、浅草阿部川町に着いた。

「音羽町からここまで、けっこうあったね」

　汗が噴き出してきており、袂《たもと》から取り出した手ぬぐいで富士太郎は汗を拭《ふ》いた。

「さいですね」

　同じように汗をぬぐっている珠吉が後ろを振り返った。

「音羽町からここまで一里半でしょう。あっしらは早足ですから半刻ちょっとで着きましたけど、足弱《あしよわ》だったら一刻（二時間）ぐらいはかかるでしょうね」

浅草阿部川町の自身番に入り、殺しの探索で伴斎の診療所を訪ねる旨を富士太郎は町役人に告げた。

「はい、承知いたしました。喜多條さまには、手前どもからその旨、しかと申し上げておきましょう」

よろしく頼みます、と富士太郎は丁寧に頭を下げた。

「あの、伴斎先生がなにか」

年かさの町役人が案じ顔できいてきた。

「いや、殺されたのが伴斎先生の弟弟子なんだ。その関係でちょっと」

「弟弟子とおっしゃると、もしや洞軒先生では」

驚きの色を顔に刻んで、町役人が問う。

「そうだよ。よくわかったね」

「伴斎先生の弟弟子というと、一人しか存じませんので。さようですか、洞軒先生が亡くなったのですか」

合掌して、その町役人は短く経を唱えた。

「伴斎先生の診療所の場所を、教えてくれるかい」

「でしたら、手前が案内いたしましょう」

四十過ぎと思える小柄な町役人が気軽に土間に降り立った。自身番の外に出るや、すぐさま富士太郎たちの先導をはじめた。

「こちらですよ」

自身番脇の路地を曲がり、そこからほんの半町も行かないところで町役人が静かに足を止めた。

こぢんまりとした家には『半人庵』と看板が出ていた。

「これは『はんにんあん』と読むのかな。それとも、『はんじんあん』かね。半人前っていうくらいだから、『はんにんあん』かな」

息をつき、富士太郎は軽く首を振った。

「それにしても半人庵だなんて、ずいぶん珍しい名の診療所だね。これには、どういう意味があるんだろう。いつまでも自分は半人前だからと、おのれにいい聞かせているのかな。つまり、向上心のあらわれといっていいんだろうか」

富士太郎の独り言を受けて、町役人が手短に説明する。

「伴斎先生の伴という字は、二つに割ると人と半に分かれますね。どうもそこからつけたみたいですよ。しゃれっ気だ、あまり深い意味はないと、前におっしゃっていました。伴斎先生は、この手のことが大好きなんですよ」

「へえ、そういうことかい。伴という字からきてたんだ。おいらはちと考えすぎたようだね」

顔をほころばせて戸口に立った町役人が、失礼しますよ、といい、からりと音をさせて戸を横に滑らせる。

富士太郎の目には、まず土間が見えた。そこに、患者らしい履物《はきもの》は一つもなかった。今は昼どきという刻限ではない。九つ（零時）までまだ半刻はあるだろう。

それなのに、この閑散とした感じはどうとらえればよいのだろう。もし洞軒が生きていれば、得州堂は今日も患者であふれかえっているにちがいない。

「伴斎先生、いらっしゃいますか」

土間に立った町役人が、閉められた襖のほうへ声をかける。

「その声は天之助《あまのすけ》さんですね。遠慮せず入ってください」

快活で響きのよい声が返ってきた。

「町奉行所のお役人も一緒ですが、よろしいですか」

「えっ、お役人」

中から裏返ったような声が発せられた。その直後、頭をつるつるに丸め、十徳《じっとく》を羽織《はお》った男が襖を開けて出てきた。土間の上がり口は二畳ばかりの畳の間になっているが、その一番端に礼儀正しく正座した。

聡明そうな面貌《めんぼう》をしているのが富士太郎の目を引く。

伴斎が富士太郎を遠慮がちに見上げてきた。

その目が油断なく光ったように、富士太郎には感じられた。怪しいね、と思ったが、定廻りのいきなりの訪問に対して、構えてしまうのは誰にでもあることで、勘繰《かんぐ》るほどのことではないのかもしれない。

「御番所のお役人がなにか御用ですか」

やや挑むような口調で伴斎が口を開く。

「それがしは樺山富士太郎といいます。この男は中間の珠吉」

まず名乗り、それから富士太郎はにこりとした。

「伴斎先生、そんなに肩肘《かたひじ》張らずに聞いていただけますか」

えっ、という顔をし、伴斎が体から力を抜いた。すとんという感じで、両肩が落ちた。

「ああ、お役人、お上がりになりますか」

手を横に広げ、伴斎がいざなう。

「いえ、こちらでけっこうですよ」

穏やかに断りを入れて、富士太郎は上がり框に腰を下ろした。強《し》いて上がるようには伴斎もいわなかった。

ではこれにて失礼いたします、と町役人が気を利かせて出てゆく。ありがとね、と富士太郎は声をかけた。戸がゆっくりと閉まり、土間の中は少し暗くなった。かすかに薬湯のにおいはするが、得州堂ほど濃くはにおっていない。

「伴斎先生は、洞軒先生が死んだことを知っていますか」

いきなり富士太郎が本題に入ると、ええっ、と畳から跳び上がらんばかりに伴斎が腰を上げ、大声を発した。

「ま、まことですか」

伴斎の表情や身振りを、富士太郎はじっと観察した。珠吉も厳しい目を伴斎に当てているはずだ。

「はい、まことのことです」

富士太郎は冷静な声で答えた。ごくりと唾を飲み、伴斎が喉仏《のどぼとけ》を大きく上下させる。

「それは、いつのことです」

「洞軒先生は一昨日の晩に亡くなりました」

「洞軒は、いったいなぜ死んでしまったのです。病ですか。だが、洞軒に持病の類があったなどと、風の便りでも聞いたことはないが」

「病ではありません。伴斎先生に、洞軒先生の死因に心当たりはありませぬか」

「えっ」

眉根を寄せた伴斎が、いかにも心外そうな声を発した。

「もちろん、手前には心当たりはありません。あるはずがない」

さようですか、と富士太郎はいった。

「洞軒先生は殺されたのです」

「な、なんですって」

腰が畳から浮き、伴斎の目は信じられないといわんばかりに大きく見開かれている。

だが、富士太郎には、その一つ一つの動作がわざとらしく感じられた。この男は洞軒の死を、はなから知っていたのではあるまいか。

その思いを外に出すことなく、富士太郎は平静な顔つきで話を進めた。

「洞軒先生は、伴斎先生の弟弟子だそうですね。それなのに、洞軒先生の死を誰も知らせてくれなかったのですか」

眉根を曇らせ、情けなさそうに伴斎が下を向いた。

「弟弟子といっても、最近は洞軒とは行き来がまったくなかったものですから。互いに共通の知人というのもほとんどいませんから、知らせてくれる者がなかったのも、仕方のないことでしょう。おまけに洞軒の診療所はうちからですとかなり遠いところにあるものですから、つい億劫《おっくう》でなかなか行く気にもならなくて」

「ここから得州堂に歩いていくとなると、優に半刻以上はかかりますね」

「ええ、だいたいそのくらいでしょう。走れば半刻足らずで行けるでしょうが、そんな奇特なことをする人は、飛脚以外、まあいないでしょうな。手前ももう歳ですから駕籠《かご》に揺られるのも、ちょっとつらいものがありますしね」

歳を取ったことに対する寂しさを、伴斎が訥々《とつとつ》と語った。意を決したような顔になり、富士太郎にきいてきた。

「洞軒はどこで殺されたのですか」

「得州堂の中ですよ」

「どんな殺され方をしたのです」

「刃物で心の臓を一突きです」

「それはむごい」

顔をゆがめてため息をつき、伴斎が悲しげに首を何度も振る。

「洞軒先生はおそらく、寝ているところを一突きにされたのではないかと思います。凶器は匕首ではないかと検死医師はおっしゃっていますよ」

「匕首ですか。洞軒が殺されたのは一昨日の夜とおっしゃいましたが、正確にいうと何刻頃になるのですか」

「気になりますか」

「ええ、なります」

「なにゆえでしょう」

その問いを待っていたかのように伴斎の表情がかすかにゆるんだのを、富士太郎は見過ごさなかった。

明らかに伴斎は笑ったのである。町奉行所の役人からこの問いがされるのを、はなから予想していたということか。

唇が乾くのか、伴斎が舌で湿りをくれる。

「うちにお役人が見えたのは、手前に事情を聞くためということもあるでしょうが、手前のことを下手人ではないか、と疑っているからでもあるのでしょう。犯行の刻限をはっきり教えてもらえれば、手前への疑いを晴らすことができるからですよ」

「なるほど、そういうことですか」

静かに首を縦に動かして、富士太郎は検死医師の意見を伝えた。

「わかりました。深夜の九つ（零時）から明け方の七つ（四時）ですね」

富士太郎をまっすぐ見て、伴斎が深いうなずきを見せた。

「でしたら、手前は洞軒を殺すことは決してできません」

揺るがぬ杭を打ちつけたかのように、伴斎が断じた。

「なにゆえでしょう」

富士太郎は先ほどと同じ言葉をぶつけた。

「一昨日の晩は、手前はこの診療所にずっといたからですよ」

「それを証してくれる人はいますか」

「もちろんおります」

自信満々の顔つきで伴斎が顎を深く引いた。

「一昨日の晩なら、手前は陽造《ようぞう》さんの治療にずっと当たっていました。陽造さんは肺の病でした。手前は寝ずの治療を行ったのです。陽造さんの容体は、あの日が山だったものですから」

「証人はその陽造さんですか」

「いえ、陽造さんは薬が効いていて、ほとんど眠っていました。ですので、証人にはなりません。証人は、陽造さんの女房であるおさまさんですよ。ずっとこの診療所に詰めてくれていましたから」

「そのおさまという女房がずっと一緒だったのは、まちがいありませんか」

「まちがいありません」

伴斎は首を縦に動かした。

「おさまさんは、ここへは夜の四つ（十時）前にやってきて、投薬前の陽造さんの世話をかいがいしく焼いていました。手前が陽造さんに薬を飲ませて寝かせつけたあともずっとここに居続けて、明くる日の明け六つ（六時）過ぎに陽造さんの容体が落ち着いたのを見届けてから、出ていきました。手前は戸口に立って、おさまさんを見送りました。ひどく疲れてはいるけれど、安堵の思いが一杯に詰まった背中が朝靄の中に消えてゆく姿を、手前は生涯、忘れることはないでしょう」

目を閉じた伴斎は、陶然《とうぜん》としているように見えた。

この男は自分に酔っているんだね、と富士太郎は思った。ふむ、と小さくうなってしばし思案する。

「そのおさまさんが、ここに詰めている最中に眠ってしまったというようなことはありませんか」

「ええ、眠りましたよ」

伴斎があっさりと認める。

「おさまさんは、二度ばかり眠りに落ちましたよ。ずっと寝ずで詰めているのはかわいそうですし、体が保《も》たないでしょうから、眠くなったらいつでも眠っていいですよ、といっておいたのです。おさまさんは、二度とも半刻ずつほどは眠ったでしょうね」

「おさまさんが眠りに落ちた時刻はわかりますか」

「もちろんわかります」

あらかじめ答えを用意していたかのように、伴斎がすらすらと述べる。

「最初は九つ半（午前一時）前に寝て、八つ（午前二時）前に目を覚ましました。二度目は、八つ半（午前三時）頃に眠りに落ちて七つ前（午前四時）に起きましたよ」

そのおさまという女房が、本当に伴斎のいう通りに眠っていたとするのなら、と富士太郎は思った。伴斎は洞軒を殺していないことになる。殺せるはずがないのだ。時と距離を考え合わせれば、犯行が不可能であることがはっきりする。

伴斎の診療所、半人庵から洞軒の診療所の得州堂まで、どんなに急いでも半刻（一時間）近くはかかるのだ。往復で一刻（二時間）。おさまが二度とも一刻たたずに目を覚まし、そのときに伴斎の姿を目の当たりにしているのならば、目の前の医者は無実なのである。

もちろん、この眠りのことについては、おさまに裏づけを取らなければならない。

「伴斎先生、そのおさまさんに話を聞かせてもらいますが、かまいませんね」

「当たり前ですよ」

伴斎は、にこやかな笑みをたたえている。

「お役人にはおさまさんからしっかりと話を聞いていただき、手前の疑いを晴らしてもらわなければなりませんからね」

「では、そうさせてもらいます」

「よろしくお願いします」

馬鹿丁寧に伴斎が辞儀する。

顔を上げるのを待って、富士太郎はおさまの住みかを伴斎にきいた。ここから東へ五町ほど離れた浅草駒形《こまがた》町の一軒家とのことだ。長屋でないということは、陽造という亭主は悪くない稼ぎを誇っているのだろう。

「伴斎先生、いろいろとお話しいただき、かたじけなかった。では、それがしたちはこれにて失礼いたします」

上がり框から腰を上げた富士太郎は頭を下げ、土間に立ちっ放しだった珠吉をうながして外に出ようとした。

「——ああ、そうだ」

足を止め、素早く富士太郎は振り返った。にやつきを貼りつけた相貌《そうぼう》をあわてて戻した伴斎が座ったまま、

「なにか」

と平静な表情できいてきた。

「伴斎先生は、洞軒先生にうらみを抱いていましたか」

「えっ、うらみですか」

少しだけ声がうわずった。すぐに伴斎が首を横に振る。

「うらみなどありませんよ。疎遠になったとはいえ、かわいい弟弟子に、うらみなど持ちようがないではありませんか」

「そのかわいい弟弟子と、いくら遠いとはいえ、ここ最近、行き来が途絶えていたのはなにゆえです」

「洞軒の仕事が忙しくなったからですよ」

さらりとした口調で伴斎が答えた。

「手前が飲みに誘っても、さっぱり応じなくなりました。次々にやってくる患者に追われて、飲みになど出られないのだろうな、と手前も思って、つなぎを取るのをできるだけ遠慮するようになりました。おかげで手前も仕事に没頭できるようになりましてね、自然に疎遠になってしまったのですよ。ただそれだけで、手前が洞軒のことをうらみに思うなんてことはありません」

「さようですか。そのことを頭に叩き込んで、探索に励むことにします」

「是非ともお願いします。お役人――」

真摯な顔つきで伴斎が呼びかけてきた。

「洞軒の仇を討ってやってください。よろしくお願いします」

「よくわかっています。――ところで、伴斎先生には下手人の心当たりはありませぬか」

無念そうな顔をつくり、伴斎が悔しげに唇を噛む。

「手前にはありません。やはりこのところつき合いがなかったというのは、大きいですね。最近の洞軒のことはなに一つ知らないのです。下手人の心当たりは持ちようがありません」

「別に最近に限らずともよいのですよ。昔のうらみをずっと抱いていた人がいても不思議はありません」

「昔のうらみですか。それを今になって晴らしたということですか」

言葉を切り、考える顔つきをしていたが、伴斎は首を横に振った。

「手前にはわかりません」

小さくうなずき、富士太郎は右手の人さし指を立てた。

「最後に一つ――」

「はい、なんなりと」

「洞軒先生とは、どのような人物だったのですか」

眉間を盛り上がらせて下を向き、伴斎が考え込んだ。

「物事を突き詰めることが大好きで、とにかく医術を究めることに熱中していましたよ。明るく素直な性格がそれをしっかりと後押ししていました。人に好かれるたちで、皆に応援されていましたね」

「そんなにいい人が、殺されることがあるのでしょうか」

「現に洞軒は殺されてしまったのだから、あるのでしょうね」

「洞軒先生のような人が殺される。伴斎先生はどんな理由があると思いますか」

「金目当てというのはどうですか」

「ああ、そういえば簞笥《たんす》の引出しから小金がなくなっていたようですね。でも、下手人は金を狙って得州堂に入り込んだわけじゃないでしょう」

「どうしてです」

　目に力をみなぎらせて伴斎がきく。

「金を奪うために人を殺す。確かに、よくあることです。しかし、洞軒先生のところに金がないことは、少し調べればわかることですよ。金を奪うのなら、もっとあるところを狙うはずです。洞軒先生のところを狙うのは、労多くして功少なし、を地でいくようなものですね」

「突然、金がほしくなった者が、診療所に洞軒が一人しかいないことを思い出し、襲ったのかもしれないですよ」

おや、と富士太郎は声を出した。

「伴斎先生は、洞軒先生が診療所にいつも一人でいることを知っていたのですか」

軽く咳払いし、伴斎が顔を上げた。

「最後に会ったとき人を置くつもりはないっていっていたので、今もそうではないのかな、と思っただけですよ」

「そうですか、わかりました」

うなずいて富士太郎はすぐに続けた。

「しかし、洞軒先生が殺されたのは深夜から明け方にかけてです。その刻限にいきなり金がほしくなり、押し込む、というのは考えにくい気がしますね」

「でも、あり得ないことではないでしょう」

「確かにその通りですね」

富士太郎は伴斎の言《げん》に逆らわなかった。

「しかし、下手人はやはり金狙いではないでしょう。洞軒先生を殺したのは手慣れた者です。そういう者が事前の調べもなしに診療所に押し入り、殺すとは思えません。引出しから金がなくなっていたのは、単に番所の者を少しでも惑わそうという小細工ではないかとそれがしはにらんでいますよ」

「さようですか」

さりげなく伴斎の顔を見ていたが、表情に変わりはなかった。それは珠吉も見て取っただろう。

ところで、といって富士太郎は少し方向を変えた。

「伴斎先生は、洞軒先生が金貸しをしていたのをご存じですか」

「えっ、まことですか。洞軒が金貸し――」

この驚きぶりに嘘はなかった。本当に伴斎は洞軒が裏で金貸しをしていたのを知らずにいたのだ。先ほどの伴斎の驚きぶりとのちがいを見極めるために富士太郎はあえて金貸しの件を告げたのだが、今回はわざとらしさが感じられなかった。

「なにゆえ洞軒はそのような真似をしていたのですか」

息をあえがせるようにして伴斎がたずねる。

「いくらかでも仕入れの薬代の足しになれば、ということだったらしいですよ」

えっ、という声を伴斎が漏らした。

「洞軒は、それほどまでに金に窮していたのですか」

「知りませんでしたか」

「知りませんでした。手前に洞軒に対して援助などできたはずもないが、こんなことになるのなら、できるだけのことをしてやればよかった。今さら後悔してもはじまらないが」

自分にいい聞かせるように、伴斎がつぶやく。二つの瞳に暗い光が宿っている。

伴斎にいとまを告げて、富士太郎は半人庵をあとにした。

二

「どう思う、珠吉」

東に向かって歩を運びつつ、富士太郎はきいた。

「あっしは、もうまちがいないんじゃないかと思いやす」

「それは、あの伴斎が下手人だっていうことだね。珠吉、どうしてそう思うんだい」

「どうしてってこともねえんですが、つまりは、あっしの勘ですよ。この男が洞軒先生を殺したんだって、旦那が話しはじめたときに直感したんです。――旦那はどうです」

「おいらも珠吉と同じだよ。あの伴斎という男が下手人でまずまちがいないだろうね。その思いは、もはや大山のごとく揺るぎはしないよ」

「でも旦那――」

気がかりがあるような顔で、珠吉が呼びかけてきた。にこりと富士太郎は笑い返した。

「珠吉のいいたいことはよくわかっているよ。これから話を聞くおさまという女房が、伴斎の言を裏づけたとしたら、伴斎に犯行はできないことになるね」

「でも、伴斎はやったんですよね」

そういうことだね、と富士太郎は力強くいった。

「もしおさまという女房が伴斎の言葉を裏づけたとしても、そこにはきっとなにかからくりがあるに決まっているんだよ。それをおいらたちが暴《あば》いてやらないとね」

「旦那なら必ずできますよ」

「おいらだけじゃないよ。珠吉がいれば、おいらはもう千人力さ。力を合わせて、伴斎の企みを明らかにしてやろうじゃないか」

「わかりやした、旦那。洞軒先生の無念を晴らしてやりましょう」

歩き続けているうちに、潮の香りが鼻先に漂ってきた。浅草駒形町は大川の流れに面している。場所としては河口からかなり上流だが、川というのは海とつながっているものだというのが、この潮の香りからもよくわかる。

駒形の町役人の案内があったおかげで、おさまの家へは難なくたどり着けた。一軒家だが、商家の持ち物らしい蔵のせいで日当たりがとみに悪い一角にあった。

枝折戸《しおりど》を入ってすぐの戸口に立ち、珠吉が訪《おとな》いを入れると、はーい、と元気のよい声が返ってきた。箒《ほうき》を両手で握った小柄な女が姿を見せた。一見、十二、三の娘かと思ったが、顔には小皺があり、肌もかさついている。三十半ばといったところか。かすかに右足をひきずるようにしている。富士太郎を認め、たじろいだような顔つきになった。

「なんでしょう」

やや固い声で女がきいてきた。

「おいらは定廻り同心の樺山という者だ。こっちは中間の珠吉。おさまさんかい」

身分と名を明かした富士太郎がたずねると、そうです、と女が不審げに答えた。

「ちょっと聞きたいことがあるのだけど、いいかい」

「どんなことですか」

怪訝そうな顔でおさまが問い返す。

「ああ、お上がりになりますか」

気づいたようにおさまがきいた。

「いや、ここでいいよ」

戸口に陽射しは当たらず、ひんやりとしているが、風の通りはよく、それが気持ちよく感じられる。

「一昨日の晩のことをききたいんだ。おさまさんとご亭主の陽造さんは、伴斎先生の診療所に泊まり込んだそうだけど、まちがいないかい」

「ええ、まちがいありません」

ややむきになったような声で、おさまがきっぱりといった。

「でも、お役人、どうしてそんなことをおききになるんですか」

「実は、伴斎先生に人殺しの疑いがかかっているんだ」

隠し立てしても仕方ないので、富士太郎は正直に語った。

「ええっ」

絶句し、おさまが立ち尽くす。

「先生が、だ、誰を殺したというんですか」

おさまの声がひっくり返った。

「洞軒先生というお医者だよ。伴斎先生の弟弟子でもある」

「でも、一昨日の晩でしたら、伴斎先生は診療所であたしたちとずっと一緒でしたから、人を殺せるはずがありません。その洞軒先生という方は、どこで殺されたんですか」

「診療所のある音羽町だよ」

「音羽町といえば、このあたりから往復したら一刻（二時間）はたっぷりかかるじゃないですか。一昨日の晩、伴斎先生はずっと診療所にいらっしゃいましたから、人殺しなどできるはずがありません」

目を怒らせて、おさまが力説する。うんうん、と受け流すように富士太郎は深くうなずいてみせた。

「一昨日の晩、おさまさんは夜の四つ（十時）前に診療所に入り、夜明けまでいたとのことだけど、まちがいないかい」

「はい、その通りです。一晩中おりました」

「その間、二度眠ったそうだね」

「はい、確かに」

不承不承《ふしょうぶしょう》という感じでおさまが認める。

「でも、二度とも一刻も眠っていません」

「おさまさんが目を覚ますたびに、そこに伴斎先生はいたのかい」

「はい、いらっしゃいました。話をしましたから、夢を見ていたわけではありません。お茶もいれてくださいましたし」

伴斎をかばうために、おさまが嘘をついているようには見えない。伴斎のためにならないことだけはいうまいとしているようではあるが、おさまは真実を語っている。それは、富士太郎のこれまでの経験から、はっきりとわかる。

「おさまさん、もう一度きくけど、まちがいないかい」

「ええ、一刻なんか、決して眠っていません」

よく響く声でおさまがいいきった。

「一度目は九つ半（午前一時）前に眠って、起きてすぐに八つ（午前二時）の鐘を聞きました。外の厠《かわや》に行ったときに鐘を聞いたのでまちがいありません。二度目は眠気覚ましに先生からお茶をもらったんですけど、またひどい眠気が襲ってきて、つい寝てしまったんです。寝たのは八つ半（午前三時）頃だと思います。先生に起こされたのは、七つ（午前四時）になる直前です」

「ふむ、そうかい」

難しい顔をして、富士太郎は腕を組んだ。

「七つに起きたそのあとは、なにをしていたんだい」

「頭がぼうっとしていたので、なにもせずに、ただぼんやりしていました。七つ過ぎに亭主が目を覚ましたので、枕元で少し話をしたんですが、真夜中の九つ（午前零時）頃には荒かった息がずいぶんと穏やかになっていて、あたしはほっとしました。ああ、この人は本当によくなったんだなあ、と胸がほかほかとあたたかくなりました。六つ（午前六時）過ぎまで半人庵にいて亭主の様子を見ていましたが、先生から、もう大丈夫だよ、といわれてこの家に帰ってきたんです」

おさまの言葉には、伴斎の説明と矛盾《むじゅん》するところがまったくない。

「先生は、身を投げ出すようにしてうちの亭主を救ってくれました。そんな人が人殺しなどするはずがありません。できるはずがありません」

「おいらもそう思いたいけどね」

少し考えた富士太郎は、新たな問いをおさまに投げかけた。

「一昨日の晩、陽造さんは伴斎先生の診療所に泊まったようだが、それまでも診療所でずっと過ごしていたのかい」

「いえ、そんなことはありません。うちの亭主は肺の病にかかっていて、半人庵に長いことお世話になっているのですが、一晩泊まって過ごすというのは、一昨日が初めてのことでした」

「じゃあ、おさまさんが半人庵に泊まったのも初めてということだね」

「そういうことになります」

「一昨日の晩が山ということでおさまさんは半人庵に泊まったんだろうが、陽造さんの病は泊まらなければならないほど重かったのかい」

「重いことは重かったんですけど、その前から先生には、だいぶよくなってきているといわれていました。それが、先生から急にその日が山になるだろうから泊まるようにいわれたので、あたしは少し驚きました」

「いついわれたんだい」

「泊まる二日前のことです」

今から四日前のことだ。

「そいつは確かに急だね。おまえさんから見て、泊まらなければならないほど陽造さんの容体は悪かったのかい」

うーん、とおさまがうなるような声を出した。それが悩んだときの癖なのか、唇をとんがらせるようにした。

「あたしには、そういうふうには見えませんでした。先生の治療のおかげでだいぶよくなったのは確かで、十日ばかり前から亭主は働きに出られるようになっていましたから。さすがに前のような働きぶりというわけにはいかなかったようで、本人はじれったかったんでしょうけど、働けるのがうれしくてならなかったみたいです」

「陽造さんの生業はなんだい」

「大工です。棟梁《とうりよう》をつとめています」

誇らしさを感じさせる声でおさまが答えた。

だったら稼ぎがいいのも当たり前だね、と富士太郎は家の造作をちらりと見て思った。なかなかいい材木が使われている。

「話を戻すけど、陽造さんはそれなりに元気だったんだね。それが急に診療所に泊まるようにいわれたんだね」

「はい。うちの亭主は病が悪くなっていないか、三日に一度、診てもらっているんですけど、このあいだ先生がおっしゃるには、陽造さんはかなり無理をしたようで顔色がよくない上、肺からいやな音が聞こえている、ここは徹底して治療したほうがよい、とのことでした。それには泊まってもらったほうがいい、とおっしゃいました。それで、あたしたちは先生のお言葉にしたがうことにしたんです。なんといっても体が一番ですから」

おさまは伴斎を頼り切っているから妙だとはつゆほども思わなかったにちがいないが、どうにもこうにも不自然さに充ち満ちているね、と富士太郎は感じた。

おさまを証人に仕立て上げるために、伴斎は陽造が診療所に泊まるように仕向けた。そうとしか思えない。

やはり、裏になにかあるよ。伴斎はなんらかの細工をしたんだ。きっとそうに決まっているよ。

目を上に向け、なにかを思い出すような顔つきをして、おさまが言葉を口にする。

「ただ、診療所に実際に泊まったときの亭主の息づかいは尋常なものではありませんでした。亭主のあの様子を目の当たりにしたとき、先生のおっしゃったことは正しかったんだと思いました」

「おさまさんが二度目の眠りから目を覚ましたとき、陽造さんの息づかいは落ち着いていたんだね」

「はい、そうです。ふつうの寝息に戻っていました。それを見て、あたしは心から安心しました」

「一度目の眠りから目を覚ましたときはどうだった。息づかいは荒かったかい」

「いえ、一度目は亭主の顔は見ていません」

「おさまさんは、診療所のどこで眠っていたんだい」

「待合室です。先生がそこに布団を敷いてくださいました」

「一度目の眠りから目を覚ましたとき、陽造さんの顔を見なかったというのは、どういうことだい」

「あたしが目を覚ましたのは、先生に起こされたからです。もちろん、亭主のことが気になって顔を見ようとしました。でも、今は安静にしているから、と先生に止められたのです。診療室で眠っている亭主の寝姿だけを見せてもらいました」

「そう、陽造さんの顔は見ていないのかい」

このことは、と富士太郎は思った。伴斎が施した細工に関係しているのだろうか。

関係していないはずがないよ。

「おさまさんは、二度目も伴斎先生に起こされたといったね」

「はい、さようです」

「二度とも起きた直後に、鐘の音を聞いたといったね。八つの鐘と七つの鐘だ」

「はい、確かに聞きました」

「その二度の鐘は、八つと七つでまちがいないかい」

「時刻が気になったので、あたしは鐘がいくつ打たれるか耳をそばだてていました。三つの捨て鐘のあと、それぞれ八回と七回、鐘は打たれました」

こういうふうに断言できるのだから、おさまが八つの鐘と七つの鐘を聞いたのは、疑いようがない。伴斎がおさまを起こしたのは、この二つの刻限の鐘を聞かせたかったからではないか。富士太郎には、そうとしか思えなかった。

もしや伴斎は、時の鐘の細工をしたのではないか。だが、そんなことが果たしてできるものなのか。

真夜中でも、当然のことながら時の鐘は鳴らされる。江戸のほとんどの者が寝入っているとはいえ、一昨日の晩も、決して少なくない者が時の鐘を耳にしたはずだ。

もし時の鐘がまちがって打たれたとしたら、その手の話が噂となって市中を流れてもおかしくない。だが、そんな話はとんと聞かない。つまり、一昨日の晩、時の鐘はしっかりと時を刻んで打たれたのだろう。

ということは、伴斎は時の鐘に細工を施したわけではない。なにか別の手を用いて、時と距離の壁を飛び越えたのだ。

いったいどうやったのか。

「おさまさん、なんでもかまわないんだけど、なにかいつもと違うことはなかったかい」

「いつもと違うこと」

おさまは怪訝そうな顔をしたが、なにかを思い出そうと考え込んでいた。

「これといって変わったことはありませんでしたよ」

「なんでもいいんだよ。誰かが訪ねてきたとか、厠に行ったとき、誰かを見たとか――」

「別に誰も来なかったし、厠に行ったときだって誰も見かけませんでしたよ。ま、寝たり起きたりでぼんやりしてましたから、誰かそばにいても気づかなかったでしょうね。なんせ厠の臭いさえ感じないくらいでしたからね」

やはり、と富士太郎は考えた。おさまが二度眠ったというのが気になる。このときに伴斎はなんらかの細工をしたのだろう。そうにちがいない。

「おさまさん、いろいろと話を聞かせてもらってありがとうね」

富士太郎は心からの礼を述べた。

「いえ、いいんですよ。お役に立ちましたか」

「もちろんだよ」

「でも樺山さま、伴斎先生は下手人なんかじゃありませんよ」

「そうだったらいいね。ところで陽造さんはどうしているんだい」

「今日からまた仕事に行きました。元気一杯ですよ」

「そいつはよかった。ところでおさまさん、その足はどうかしたのかい」

「ああ、これですか」

おさまが足に目を落とす。

「ちょっと転んで膝を打っちまったんですよ。まったくどじですねぇ」

「大丈夫かい」

「へっちゃらですよ。伴斎先生にも診てもらいました」

「無理はしなさんなよ。じゃあ、これでね」

富士太郎と珠吉はおさまの家をあとにし、道を歩きはじめた。

「珠吉、伴斎はいったいどんな手を使ったんだろうね」

「あっしも知りたいですよ」

「珠吉、どんなに急いでも浅草阿部川町と音羽町を半刻で往復はできないよね」

「ええ、できないでしょうね」

「鳥ならば半刻ぐらいで往復できるかな」

「できるかもしれませんけど、残念ながら鳥のような速さで空を飛べる人はいませんからねえ」

「鳥に乗せてもらったとか」

「えっ、そんなばかでかい鳥がこの世にいますかい。いたとしても、ちゃんと命じた通りのところに飛ぶように馴《な》らすことができますかい」

「無理だよねえ。そんな鳥がいたら、見世物にして稼いだほうがよっぽどいいねえ。早駕籠というのはどうかな」

「早駕籠を使ったとしても、やはり半刻で往復は無理でしょう」

「舟は」

「浅草と音羽町の間を半刻で往復できるような水路はありませんぜ」

あっ、と富士太郎は思いついた。なぜ今までこのことに考えが至らなかったのか。

「珠吉、馬はどうかな。馬なら行けるんじゃないかい」

「駿馬《しゅんめ》なら行けるかもしれませんが、深夜のことですからね、馬はあまりに目立ちませんか。それに、町々の木戸をわざわざ開けてもらわないといけませんしね」

馬という富士太郎の考えに、珠吉は賛同するつもりはないようだ。

「でも、今のところ馬しか考えられないね。よし、木戸番に話を聞いてゆくことにしよう。一昨日の晩、馬に乗った男が通らなかったか、きいてみるんだ」

富士太郎と珠吉は、音羽町を目指して道を進みはじめた。一昨日の晩のことを、すべての木戸番に確かめてゆく。

一刻ちかくかかって音羽町に着いた。だが、馬に乗った男を見た木戸番は皆無だった。

茶店の長床几《ながしょうぎ》に腰を下ろし、団子《だんご》をほおばりながら富士太郎はいった。

「伴斎は馬を使ったわけじゃなさそうだね」

「どうやらそのようですね」

茶を喫《きっ》しつつ珠吉が同意する。

「いったいどうやったんだろう」

「たやすく明かせるようなからくりじゃあ、伴斎も必死に頭を働かせた甲斐がないってもんですよ。でも旦那、心配はいりませんよ。旦那は必ず解き明かしますからね。旦那が伴斎なんて男に負けるわけがねえ。あっしは断言しておきますぜ」

団子に手を伸ばし、珠吉がうまそうに咀嚼《そしゃく》する。顔色は悪くなく、生気がみなぎっているように見えた。

音羽町から浅草まで往復したのに疲れていないようだね、と富士太郎はうれしく思った。この分なら今日一日、へばることはないんじゃないのかな。もちろん様子はしっかり見ないといけないけれど、珠吉は本当に大したものさ。

湯飲みをぎゅっと握り締めた富士太郎は茶を一気に飲み干した。熱いものが喉を通り過ぎ、胃の腑に落ちてゆく。

伴斎よ、と富士太郎は心中で呼びかけた。必ずからくりを暴いてやるから、首を洗って待っているんだよ。

三

あと六日だ。

直之進は毎日、指折り数えている。

気持ちが弾んでならない。斜めから差し込む朝日も、さしてまぶしく感じられない。

花嫁衣装に身を包む女性が、祝言を待ち焦がれるのは当たり前のことだろうな、とは思っていたが、まさか男の自分もそうであるとは、意外との感をぬぐえない。

好きなおなごと一緒に暮らすことになるのだ。夢を抱くな、というほうが無理だろう。

——昨日は桃の節句だったな。

歩きながら、直之進はあたりを見回した。もう雛祭りは終わったというのに、まだなにか江戸の町全体が浮き立っているように感じられる。

殺された岐助のことに加え、事件の場から姿を消した与野造のことも気になったものの、昨日、直之進はおきくと一緒に佳以富に下見に行ったことを思い出し、頬をゆるめた。

湯島までの道々、着飾った娘たちが町中にあふれていた。誰もが満面に笑みを浮かべていた。家の中に飾られている雛の前に座り、じっと見ているだけでは確かにつまらないだろう。誰もが女の節句を存分に楽しむのだという気持ちをあらわにしていた。

その様子を見て、おきくは少しうらやましそうにしていた。幼い頃から雛祭りはずっと心待ちにしていたそうだ。三月二日によもぎ餅《もち》をつくり、三日の当日にそれを食べるのがなによりの楽しみだったとのことだ。

おきくと訪れた佳以富は、さして大きな建物ではなかったが、霧雨にけぶっているようなしっとりとした構えが、直之進の心に強く残った。

建物の中も落ち着いた雰囲気で、ここならばよい祝言を挙げられよう、と直之進は確信を抱いたものだ。こんなにすばらしい店を用意をしてくれた琢ノ介に、感謝せずにいられなかった。

おきくも佳以富のことはとても気に入ったようで、優しげな番頭に建物内を案内してもらっている最中、ずっと感激の面持ちだった。特に、三十畳の大広間に足を踏み入れたときには、そこで行われる祝言の光景を想像して感極まり、涙を流したほどだった。

感激で上気したおきくの面は、とても美しく見え、こんな娘を妻にできる自分の幸運を、直之進はひそかに喜んだものだ。

「おっと、お侍、気をつけてくんな」

いきなりそんな声が聞こえ、直之進はうつつに引き戻された。職人らしい男が、体をひねるようにして直之進の横を素早くすり抜けてゆく。

一瞬、一昨日、北杜という侍に痛めつけられていた掏摸のことが頭をよぎったが、今の男は直之進に触れてもいない。

だが世の中にはすごい達人がいるそうだからな、と一応、直之進は懐を確かめてみた。ちゃんとそこに財布はあった。

なんとなく安堵の思いを感じて、直之進は軽やかに歩を進めたが、頭の隅に押し込んでいた記憶がよみがえってきた。

俺は、あの浪人とやり合うことになるのだろうか。どういう因縁《いんねん》が自分たちを結びつけるか知らないが、あの場で出会ったということは、おそらく将来、相まみえることをなにかの力が前もって知らせたのではあるまいか。

人の一生に、偶然というものはないと直之進は考えている。すべては必然であろう。そうである以上、北杜数馬に出会ったこともまた必然なのである。

諸国からやってきたらしい大勢の見物人が朝早くから詰めかけている日本橋を、直之進は足早に渡った。初めてこの橋を目の当たりにしたときが思い出される。

名が大仰《おおぎょう》な割に小さく、しかもまったくどこにでもあるような橋であることに、落胆に近い思いを味わったものだ。

いま見物に来ている者たちは、どうなのだろうか。日本橋川の流れをのぞき込んだりしてわいわいと声高《こわだか》に騒ぎ合っているが、直之進と同じ思いを感じてはいないだろうか。

日本橋の上からは千代田城と富士山が同時に望め、絶景であると評判らしいが、今日は残念ながら霊峰は厚い雲に隠れてしまっている。千代田城もうっすらとした霞《かすみ》の中にぼんやりと見えて、どこかはかない感じを漂わせている。

あっという間に日本橋を渡りきった直之進は高札場《こうさつば》を右手に見つつ、広い道を左に折れた。しばらく行って再び橋を渡る。

日本橋よりも小さいこの橋は、海賊橋《かいぞくばし》という名がついているという。この橋の近くに、摂津《せっつ》三田《さんだ》において三万六千石を領する九鬼《くき》家の上屋敷があるからだ。右手に見えている、楓《もみじ》川《がわ》沿いの武家屋敷がそうである。

九鬼家は戦国の昔、海賊衆だった。そのことにちなんで橋の名がついたのであろうが、九鬼家の家臣たちはどういう思いでいるのだろう。

九鬼家が海賊衆でなくなり、陸に上がって久しいのに、いまだに出自を忘れさせてくれないことに、理不尽さを覚えることはないのだろうか。それとも、海賊という名に、誇りを持っているのだろうか。

海賊橋を渡ってさらに東に歩を進めた直之進は、坂本《さかもと》町一丁目の角を右に曲がって足を止めた。

道の東側に大きな薬師堂がある。境内《けいだい》へは二つの出入り口があり、今も大勢の参詣人でにぎわっているが、ここは毎月八日と十二日の縁日には多くの植木商が集まり、さらなるにぎわいを見せると聞いたことがある。

この薬師堂は、と直之進は思い出した。山王御旅所《さんのうおんたびしょ》に定められているはずだ。

前におきくの父親の米田屋光右衛門が教えてくれたが、山王権現の祭礼のとき、担がれてきた神輿《みこし》が休憩したり、宿泊したりするために鎮座する場所のことをいうのだそうだ。

年の功というのか、光右衛門はいろいろなことを知っている。いま腹にしこりがあって、余命幾ばくもないと医者から宣されているが、なんとしても病に打ち克ち、長生きしてほしい。せめて孫をその手に抱くまでは生きていてほしい、と直之進は切なる願いを抱いている。光右衛門の病状は一進一退というところで、今のところ、急変しそうな様子はない。

薬師堂から目を離し、直之進は道の反対側に顔を向けた。

そこには、船越屋と記された扁額が掲げられた商家が建っている。建物の右側に張り出した看板には、呉服と大きく墨書されている。紐で固定された大きな暖簾のあいだから店の中が垣間見えるが、何組かの客が色鮮やかな反物《たんもの》を前に、番頭や手代たちと和《なご》やかに話をしていた。

いい雰囲気だな、と直之進は感じた。昨日は一日中、岐助の葬儀が行われて大変だっただろうが、一見したところ、そんな暗さは一切ない。

心の中でうなずいて足を踏み出し、直之進は暖簾を払った。

「いらっしゃいませ」

手代らしい男がすぐさま寄ってきた。

「湯瀬さまでございますか」

「よくわかるな。そうだ、湯瀬直之進だ」

「あるじより湯瀬さまのことはうかがっておりますので」

意外な感にとらわれて、直之進はすぐさまただした。

「あるじというと」

「はい、今はお内儀《ないぎ》があるじということになっております」

「お内儀というと、おりきさんか」

「はい、さようで」

直之進は船越屋岐助の女房であるおりきに呼ばれ、今日ここまで来たのだ。

「いまご案内いたします」

雪駄《せった》を脱いだ直之進は手代に導かれ、内暖簾の先の廊下を歩き進んだ。左手の座敷に落ち着く。左側の腰高障子が開けられ、三方を壁に囲まれたこぢんまりとした中庭が見渡せた。狭い庭には背の低い灯籠《とうろう》が立ち、手水《ちょうず》鉢《ばち》がしつらえられている。岩清《いわし》水《みず》を模しているのか、とがった石と石のあいだを水がちょろちょろと流れていた。

「お待たせいたしました」

廊下のほうから女の声がし、襖が開いた。一礼して、おりきが入ってきた。後ろに娘のおれいも続いている。

「湯瀬さま、よくいらしてくださいました」

目の前に正座し、両手をついたおりきが深々と頭を下げる。おれいも同じ仕草をしている。

「呼ばれた以上、来るのは当然だ。しかし、お内儀、お疲れになったであろう」

尊大な口調にならないよう気をつけて、直之進は答えた。

「いえ、大したことはございません。それよりも湯瀬さま、昨日はうちの亭主の葬儀にご参列くださり、まことにありがとうございました」

佳以富を訪れたあと、店に戻るというおきくを米田屋に送り届け、それから一人、直之進は岐助の葬儀に出たのである。

岐助は結局のところ、ただの一度しか会わなかった男だが、半月ほど前に勘定吟味役大内外記《おおうちげき》が殺害された件では世話になった。袖振り合うも多生《たしょう》の縁という言葉もある。直之進は葬儀に出ることにしたのだが、そのときにおりきに、申し訳ありませんが明日もう一度こちらにいらしてくれませんか、と懇願されたのだ。

その言葉を無下《むげ》にすることなど、直之進にできようはずがなかった。

「いや、まこと岐助どのは急なことだったな。俺が助けることができればよかったのだが、力及ばず申し訳ない」

「いえ、湯瀬さまがお気に病《や》まれることはございません。これも岐助の寿命だったのでしょう」

寿命か、と直之進は思った。天によって人の生き死には決められているのではないか、と感じることは確かにある。天がここまでしか生きられぬと決めている場合、どんなにあがいてもその者は死を避けようがない。

「お内儀、気を落とされぬようにな」

「は、はい、ありがとうございます」

悲しみが込み上げてきたか、おりきが涙ぐむ。下を向いたおれいが、指先でそっと目尻をぬぐう。

おりきはしばらく気持ちを落ち着けていた。やがて顔をすっと上げた。

「湯瀬さま、今日、お呼び立ていたしましたのはほかでもございません」

背筋を伸ばし、肩を張っておりきがいった。

「与野造のことでございます」

うむ、と直之進は顎を引いた。

「与野造の行方は知れたか」

「いえ、まだでございます。湯瀬さまには、その与野造の行方を捜していただきたいのでございます」

「俺に与野造を捜せというのか」

「さようにございます。湯瀬さまは、与野造が走り去るところをご覧になったそうでございますね」

「うむ、その通りだ」

一昨日、目にしたことを直之進は脳裏によみがえらせた。

「走り去ったのは、紛《まご》うことなく与野造でございましたか」

「一度しか会っておらぬが、まちがいない。あれは与野造だった」

「さようでございますか」

眉を曇らせたおりきの肩が力なく落ちる。

「湯瀬さまは、与野造が岐助を殺したとお考えですか」

いや、と直之進は言下に首を振った。

「そうだとは考えておらぬ。一昨日の夕刻、日本橋小舟町の料亭五十川の横の路地に駆けつけた町方役人にも事情をきかれたが、与野造は下手人ではないと思う、と告げておいた。町方役人は、与野造はその場から逃げ出したのだから、と俺の言葉が腑《ふ》に落ちぬ体《てい》だった。明らかに、与野造こそが下手人であると信じきっている様子だった」

おりきとおれいの目は不安げに揺れているが、直之進の、与野造は下手人ではないという言葉を聞いて、母と娘は少しだけうれしげな顔つきになっている。

おりきがすぐに冷静な表情になり、直之進に問う。

「どうして湯瀬さまは、与野造が下手人ではないとお考えなのですか」

「岐助どのは、いつも与野造を供に連れて歩いていたそうだな。与野造は元は武家ではないかと俺はにらんでいるが、岐助どのは与野造に警護役を任せていたのではないか。ちがうかな」

「おっしゃる通りです」

「警護役という、命を預けるも同然の役目の者を選ぶにあたり、岐助どのなら与野造という男がどういう人物か、見抜いておらぬはずがない。この人物なら大丈夫と見込んだ男だからこそ、警護役に用《もち》いたに決まっている。互いに信頼し合っていたはずだ。岐助どのが見込んだ男が主人を亡き者にするはずがない」

「はい、私たちもそう思っています」

それに、と直之進は言葉を続けた。

「与野造がもし岐助どのを殺すつもりなら、あのときでなくとも、いつでもやる機会はあっただろう。それにもかかわらず、どうしてわざわざあのときだったのか、それが俺には解《げ》せぬ」

「湯瀬さま、与野造が下手人でないと私たちは信じています」

必死の顔でおりきがいい募る。横でおれいも真摯な眼差しを向けてくる。

「私たちに与野造を捜し出すことはできそうにありません。でも、湯瀬さまならきっと見つけ出してくださるでしょう。与野造が下手人でないと信じてくださっている湯瀬さまなら、きっと……」

「俺が合点《がてん》がいかぬのは、どうして与野造は逃げ出したのかということだ。本当の下手人の顔も見ているだろうに。下手人でないなら、事実を御番所のお役人にいえば、疑われることなどまずないはずなのに」

「それは私も不思議でなりません」

「町方役人も、下手人でないならなぜ与野造は逃げ出したのかと、そのことを不審がっていた。ほかに下手人がいるのなら、わざわざ逃げ出す必要はないはずだからな。いくら賊に襲われたといっても、実際のところ与野造は逃げおおせている。安全な場所に移り、その後、番所に出頭するなりして身の潔白を証せば済むことだ。与野造には、逃げなければならぬ訳があったのかもしれぬが」

「逃げなければならぬ訳……」

うつむき、おれいがぽつりとつぶやいた。

「ところで湯瀬さまは、一昨日の夕刻、岐助がなにゆえ五十川にお呼び立てていたしたのか、ご存じでございますか」

「だいたい想像はついている。岐助どのは、俺に用心棒を頼みたかったのではないかな。初めて岐助どのに会ったとき、そのようなことをいっておったゆえ」

「その通りです」

おりきがいいきる。亭主を失ったばかりだが、店を切り盛りしてゆくのは自分だという自負が感じられ、昨日会ったときよりもおりきはずっとたくましく見えた。人というのは、ただの一日で信じられないほどの成長を見せることがある。それに、葬儀で気持ちの区切りがついたということもあるのだろう。葬儀というのは死者のためのものではなく、残された者のために行われるものなのだ。

「なにゆえ岐助どのは、用心棒を必要としていた。与野造では力不足と考えたのか」

「与野造には申し訳ないのですが、どうやらそのようです。もっとも、新たな用心棒を雇い入れることに関しては、与野造も賛同していたようです」

「腕のよい用心棒を必要とするほど、岐助どのの命は危うかったのか」

「私は、命を狙われてはいなかったのではないかと思います。しかし、身の危険は感じていたようでございます」

直之進は目を伏せると、岐助との出会いを思い起こした。勘定吟味役殺害事件の探索の途中に岐助からちらっと話を聞いただけだったが、そのときの様子に切羽詰まった感は一切なかった。あれは、岐助自身、命を狙われているという思いはほとんどなかったからだろう。

「岐助どのを狙っていた者は、実は命までは取る気はなかったと、おりきどのはいいたいのだな」

「はい、おっしゃる通りにございます。怪我を負わせればよい、と考えていたのではないかと思うのです。確かに岐助は殺されてしまいましたから、その見込みは甘かったことになります。それでも命の危機が迫っていることを肌で感じていたからこそ、岐助は湯瀬さまに用心棒を頼もうとしていたのかもしれません」

顔を上げ、直之進はおりきを見つめた。

「岐助どのが命を狙われなければならぬ理由だが、お内儀には心当たりがあるのか」

しばしの沈黙が流れた。

「はい、実はいま私どもは——」

意を決したように深くうなずいたおりきが、静かに話しはじめる。

「私どもは、土佐の国主であらせられる山内《やまのうち》さまを最も大事なお得意さまとしております」

「ほう、山内家といえば二十四万石といわれる大身《たいしん》ではないか」

「さようにございます。近々、山内さまではお姫さまのご婚礼があり、うちはその婚礼用に衣装を作っている真っ最中にございます」

「婚礼衣装をな。まさに豪華絢爛《けんらん》というべき衣装なのだろうな」

おきくにも、なんとしてもすばらしい花嫁衣装を着せてあげたいが、呉服屋の大店が大名家の姫のためにつくるような衣装は、とても庶民に手が出る代物ではあるまい。まさに金に糸目をつけず、という言葉がぴったりくるのだろう。

おりきが少し眉を曇らせている。

「実は、山内さまのお姫さまのために婚礼衣装をつくっているのは、私どもだけではありません。ほかにも、三店の呉服屋が加わっております。全部で四つの店が作り上げた婚礼衣装の中で、お嫁に行かれるお姫さまが最も気に入られた衣装が、今度のご婚礼用に選ばれることになっているのでございます」

そういうことか、と直之進は納得した。

「もし自分の店の婚礼衣装が選ばれるとなれば、名誉だけでなく売上にも大きく関わってくるな」

「もちろんでございます。山内さまとのお付き合いからいって、よそに渡すわけにはいきません。それに、もしうちに決まれば、この店には大勢のお客さまが押し寄せましょう」

「そこまですごいものなのか」

感嘆の意を込めて直之進はいった。

「はい、やはり大身のお大名家の婚礼衣装ともなりますと、江戸の人たちの話題をさらいますから。同じように豪華な衣装を着せてやりたいと思う裕福な親御さんは、この江戸にはまさに星の数ほどいらっしゃいます」

　なるほどそういうことか、と相槌を打ったが、直之進は少なからず圧倒されている。自分の知らない世界といってよく、いったいどれだけの大金が動くことか。勘定奉行配下の淀島登兵衛《よどじまとうべえ》からもらった二百両など、この手の世界においては直之進の懐からあっという間に消え失せてしまうのではないか。

「岐助どのはその婚礼衣装の争奪の件で、殺されたのか」

「そうかもしれませんが、私はちがうのではないかと考えています」

「それはなにゆえかな」

「確かに、お姫さまの婚礼衣装に選ばれれば大金が転がり込むのは疑いようがない話ではあるのですが、これが人の命を奪うまでのことなのか、と思うのです。こんなふうに考える私は、人がよすぎるのかもしれませんが」

　ふむ、と直之進は顎を上下させた。

「もし岐助どのが婚礼衣装の争奪のせいで殺されたとなると、どういうことが考えられる」

「今度の山内さまのお姫さまのご婚礼衣装については、すべてあるじの岐助と与野造の二人でかかりきりになっています。最後の仕上げは、岐助がやることになっていました。岐助が死んだ今、うちはかなり不利になったのは確かです。なにせ主人は、うちで一番の目利《めき》きでしたから」

「他に競合している店が三つあるといったが、もしその中に岐助どのを殺した下手人がいるとしたら、どこが怪しいと思う」

「勢井屋《せいや》です」

声を上げたのは娘のおれいである。

「勢井屋というと」

気が強そうな目を光らせて、おれいが説明する。

「勢井屋の主人である魂兵衛《ごんべえ》さんは強引で、手段を選ばないところがありますから。どうしても山内さまの婚礼衣装の競合で勝ちたいと思っているようなのです」

すぐにおりきが後を受ける。

「この前も、ここでつくっていた婚礼衣装がずたずたにされたのですが、それも魂兵衛さんが仕向けたものではないか、と私は思っています」

「まことか。婚礼衣装をずたずたに。それでどうした」

「主人が、この衣装はあきらめるしかないな、といっておりました」

「すぐに別の衣装を用意できるものなのか」

「いえ、できるものではありません。しかし、私は主人を信じています」

直之進にはぴんとくるものがあった。

「もしや与野造が姿を消したのは、婚礼衣装をどこか秘密の場所でつくっているからではないのか」

「これまで湯瀬さまには申し上げませんでしたが、実は、私たちもそうではないかと考えているのです。与野造が逃げたのは、主人から言い含められていたからではないかと思うのです。ここはなんとしても逃げて、婚礼衣装を必ず完成させるようにと。主人を殺したのが与野造でないことは、今ここであわてずともいつかは明かされましょう。しかし、婚礼衣装づくりは急がねばなりません。四つの店がすべてそろってのお披露目の日は、今月の九日に迫っています。もう日にちがほとんどありません。御番所に事情を聞かれる手間暇すら、与野造にとっては惜しかったのではないかと思われるのです」

「与野造は衣装づくりに関して腕利きなのか」

「腕に関しては、主人が見込んで布団屋から引き抜いたほどです。長いこと岐助の薫陶《くんとう》を受けていますから、もしかしますと、主人にも劣らない腕になっていたのかもしれません」

「なるほど、そういうことか」

直之進は心から納得がいった。

「その場所は二人だけが知っていること、私どもにも与野造の居場所はわかりません。湯瀬さまに是非とも捜し出していただき、与野造の警護についていただきたいのです」

「やはり岐助どのを殺したのは、婚礼衣装をめぐって競合している大店だと、お内儀は考えているのか」

「先ほど申し上げましたように、私はちがうのではないかと思っています。しかし、もしかしたら与野造も命を狙われているかもしれません。もし与野造がどこかに籠もって一人、婚礼衣装を仕上げようとしているのなら、とにかく守ってやりたいのです。私たちがお願いできるのは、湯瀬さましかいらっしゃらないのです。どうか、与野造を捜し出し、守ってやってくださいませんか」

「承知した」

間を置くことなく、直之進はきっぱりと告げた。

「まことでございますか」

喜色に満ちた目でおりきが見る。おれいも瞳を潤《うる》ませている。

「ありがとうございます」

「与野造を捜し出し、守ること。この仕事は引き受けたが、与野造の行方にいささかも心当たりはないのか」

「岐助と与野造は二人してうちの別邸によく出かけておりました。でも、別邸に与野造はおりません。昨日、葬儀が終わったあと、娘と行ってみました。与野造の姿はどこにもありませんでした」

「岐助どのと与野造が別邸に行っていたのは、婚礼衣装づくりのためか。だが、別邸とはべつに秘密の作業場があると」

「おそらくそうだと思います」

「この店にあって、ずたずたにされた衣装は別邸で仕上げたものか」

「さようです」

「だが、まだ予備があるということか。それに与野造はかかりきりになっているということだな」

「さようです。でも、もしかしたら、ずたずたにされたほうこそ予備だったのかもしれません」

「つまり、いま与野造がかかりきりになっているほうこそ、真打《しんう》ちといってよいものなのだな」

「そういうことになります」

これは、と直之進は思った。急がねばならぬ。岐助殺しの下手人は町奉行所に任せておけばよい。もちろん、もし与野造を捜し出す途中で見つかれば、とらえればよいだけの話だ。

船越屋岐助と与野造には恩がある。

与野造、待っておれ。きっと見つけ出してやるぞ。

与野造を捜し出すまで、疲れたなどといっておられぬ。とことん調べてやる。

直之進は固く決意した。

第三章

一

ゆらりと影が動いた。

まさか立木の陰に人がいるとは夢にも思わず、伴斎はぎくりとしてその場に固まった。

「おぬし、名は」

低い声で影がきいてきた。あまりに暗いせいで、影の顔はまったく見えない。

「伴斎です」

なんとか声を震わせることなく答えることができ、伴斎はほっと息をついた。

「用件は殺しだな」

「さようです」

「誰を殺せばよい」

気持ちを落ち着けるために、伴斎は自らの胸を右手でなでさすった。

「与野造という男です」

「何者だ」

すぐそばの木から、梟《ふくろう》の鳴き声が陰気に落ちてきた。名もないこのちっぽけな神社に、棲み着いているのだろう。

「船越屋という呉服屋の手代です」

「なぜ呉服屋の手代を亡き者にしなければならぬ」

「見られてはならない場所で、手前が顔を見られたからです」

「つまりおぬしは、なにか悪さをしたというわけだな」

一瞬、なんと答えようか迷ったが、伴斎は顎を引いた。

「さようです」

「おぬしがなにをしたかは、聞かずにおこう。それで、その与野造は今どこにいる」

「それがわからないのです」

眉根を寄せて伴斎は答えた。

「どういうことだ」

腕組みをした影が鋭く問うてくる。

「与野造は、どうやら行方をくらましているようなのです」

「おぬしに狙われていることを知って逃げているということか」

「いえ、与野造は手前が狙っていることは知らないと思うのです。船越屋にそれとなく探りを入れたところ、どうもあるじ殺しの疑いをかけられて、番所の役人に追われているようで」

「ならばわざわざ殺さずとも、町奉行所に任せておけばよいのではないか。あるじ殺しなら、捕まれば確実に死罪だ」

「しかし、そういうわけにはいかないのです。もし与野造が番所の役人に捕まり、手前のことを話して奉行所がそれを信じたら、手前は破滅ですから」

破滅か、と影がつぶやいた。

「よし、わかった。与野造という呉服屋の手代を捜し出し、始末すればよいのだな。それも町奉行所の者が捕らえる前に」

「は、はい、さようにございます。お願いできますか」

ふふ、と影が薄く笑った。

「そこまで俺にやらせるとなると、高くつくぞ。よいのか」

「代はかまいません。あの、いくらになりましょう」

「十両」

一瞬の間を置くことなく影が告げた。

「わかりました。お支払いいたします」

「前金だ」

「承知しております」

前金で支払うかもしれないことは、前もって考えていた。懐を探った伴斎は、十両入りの紙包みを一つ取り出した。もしかすると三十両は要求されるかもしれないと思い、同じ紙包みをあと二つ用意してきていた。

「どうぞ、お納めください」

伴斎が差し出した紙包みを、すっと近づいてきた影がもぎ取るようにした。再び一間ばかりの距離を置いて、紙包みを広げる。十枚の小判を扇のように開き、うむ、と影が満足げにうなずいた。

「山吹色はいつどこで目にしてもよいものだな。確かに十両ある。ではもらっておく」

またも前に踏み出した影が、ほんの半間まで近づいた。

「おぬし、伴斎といったな。なにゆえ与野造を自分で殺《や》らぬ」

「居場所がわかっていれば、自分でやりますが、手前には、与野造を捜すことができません。そのような手立てを持っていないのです。殺しをもっぱらにしている方ならば、逃げ隠れしている者を捜し出すことも、きっとできるはずだと考えまして」

うむ、と影が首を縦に動かした。

「それはよい考えよ。素人《しろうと》は無理をせず、玄人《くろうと》に任せればよいのだ。俺は犬のような鼻を持っている。必ずや与野造の行方を突き止め、この世から除いてくれよう」

「よろしくお願いします」

首を動かし、影がじろりと見つめてくる。

「ところで、俺のことをどこで聞いた」

「殺しを生業にしている人で特に凄腕を捜していると、知り合いの親分に持ちかけました。そうしたら、翌日、手前のところに人が訪ねてきたのです」

「来たのは嘉八《かはち》だな」

「確かにそういう名の人でした」

「嘉八の顔を見たか」

「いえ、深くほっかむりをしていて、ほとんど見えませんでした」

「それでよい。見てもかまわぬが、できれば見ぬほうがよい」

はい、と伴斎はいった。

「伴斎とやら、おぬし、ちと落ち着きがないようだな」

「実は、これから一仕事しようと思っているのです。そのせいでしょう」

「なんだ、こんな夜中に患者を待たせておるのか。……おぬしが医者であることは、嘉八から聞いたのではない。先ほど、犬のような鼻といっただろう。薬湯のにおいが、おぬしの体に染みついておる」

「さようですか」

袖《そで》を嗅いでみたが、伴斎にはよくわからなかった。いま何刻だろう、と考えた。もう九つ（午前零時）を過ぎただろうか。

「おぬし、与野造とはどのような関係だ。おぬしの患者だったのか」

「そういうことです。以前、手前が師匠に当たる医者のもとで修業をしているとき、何度か診たことがあります」

「修業中に会ったのか。だが、それはかなり昔のことであろう」

「確かにだいぶ前ではありますが……」

「そうか、遠い昔のことでも知り合いに顔を見られたことが気になって仕方ないのだな。よかろう、その気がかりは俺が取り払ってやろう」

「よろしくお願いします」

体に力を込めて、伴斎は影にいった。

「では、手前はこれにて失礼いたします」

「次にまた俺に仕事を頼みたくなったときは、そこの狛犬《こまいぬ》の上に『伴』と書いた紙を、石を重しにして置いておけばよい。そうすれば、また嘉八がおぬしを訪ねよう」

「承知しました」

そうはいったものの、二度とこの男に頼むことはないだろう、と伴斎は思っている。

「ではな、伴斎とやら」

すっと影が動いたかと思うと、立木の陰に吸い込まれた。まだそこにいるのかと思って、伴斎は立木の陰をのぞき込んだ。だが、そこには暗闇が居残っているだけだ。いつの間に消えたのか。まるで話に聞く忍者のようだが、これならば期待が持てよう、と伴斎は感じた。きっと与野造の行方を突き止め、亡き者にしてくれるだろう。

影が消えたほうに向かって伴斎は頭を下げ、それから真っ暗な境内を歩き出した。思いのほか緊張していたのか、足に力が入らない。ふわふわの綿でも踏んでいるかのような心持ちである。

狛犬の横を過ぎ、鳥居を抜けたところで伴斎は提灯に火を入れた。下富坂町《しもとみさか》に向かって、水戸家上屋敷の裏手を急いだ。

坂の両側は武家屋敷ばかりで、あたりに人けはまったくない。辻番所もない。こういうところに、辻斬りというのはあらわれるのではないか。

もしここで辻斬りに殺されたら、俺は死んでも死にきれないだろう。

懐の二つの紙包みを取り出し、財布の中にしまい込んだ。今回のことでは、本当によく金を使った。

ほとんどの貯えが消え失せた。この二十両が自分に残された最後の大金といっていい。馬鹿なことをしているのではあるまいか、という気になるが、もう後戻りは許されない。前に進むしかないのだ。

やがて、道の先に明かりが見えてきた。左側にぽつりと灯っているのは、辻番所のものだろう。右側のは、下冨坂町にある飲み屋の赤提灯にちがいあるまい。

歩を進めた伴斎は、飲み屋の暖簾の前に立った。夜中でも大気がかなり暖かなこともあり、戸は開いている。暖簾の下から伴斎は中をのぞき込んだ。

いた。目当ての喜代助《きよすけ》は小上がりに座り込み、背中を壁に預けている。目がうつろで、どうやらへべれけに酔っている。客は奥の狭い座敷に何人かいるだけだ。三つの長床几はすべてあいている。

よし、と心中でつぶやいた伴斎は飲み屋の横に口を開けている路地の暗がりに移り、深くほっかむりをした。袂に落とし込んでいた酒の小瓶を取り出して蓋を開け、中身をぱっぱっと着物に振りかける。安酒のにおいが一杯に広がり、胸が悪くなりそうになったが、伴斎はなんとか我慢した。

「ごめんよ」

暖簾を払い、伴斎は酒のにおいをぷんぷんさせて店に入り込んだ。

「いらっしゃい」

厨房から、あるじらしい男が威勢のよい声を発した。

「喜代助さん」

小上がりの前に立ち、呼びかけた。うん、と喜代助が酔眼《すいがん》を向けてくる。

「帰ろう。おのりさんが待っている」

「伊造《いぞう》さんじゃねえか」

これは伴斎が適当に名乗った偽名だ。

「待たせたね。さあ、帰ろう」

「まだ帰りたくねえよ。それに、小言ばっかりいう、おのりの顔なんか見たくねえよ。俺はまだ飲み足りねえんだ。あんたが飲もうというから、俺はこうして待っていたんだぜ」

「もう十分に飲んだはずだよ。さあ、喜代助さん、帰るよ。——お勘定をしてくれるかい」

顔を厨房に向け、伴斎はあるじにいった。

「承知しました」

あるじにいわれた額を伴斎は払い、喜代助をかき抱くようにして外に出た。

「伊造さんよ、俺はまだ飲みてえよ」

「わかった、わかった。じゃあ、もう一軒、行くか」

「おっ、物わかりがいいね」

人のよさそうな顔で喜代助が笑う。

「そのあたりは、うちの女房とはだいぶちがうなあ」

「俺はあんたの女房じゃないからね」

「男じゃなかったら、女房にしてやるのに」

「そいつはありがとうというべきなのかね」

しばらく二人は歩き続けた。

「よし、着いたよ」

一軒の家の中に入り、伴斎は畳の間に喜代助を座らせた。行灯に火を入れると、だらしなく横たわった喜代助の姿がぼんやりと浮かび上がった。

「ここはどこだい」

顔を上げ、部屋の中を喜代助が見回す。

「あれ、なんか見覚えがあるなあ」

「そりゃそうさ。ここは喜代助さんが建てたんだからね」

「ああ、あの家か。どうだい、住み心地は」

「もちろん最高さ」

へへ、と喜代助が笑みをこぼす。酔っ払いとは思えないほど感慨深そうな口調でいった。

「怠け者の俺が一所懸命に建てたものなあ。住み心地がよくなきゃ、代金は返さなけりゃあ、ならねえ」

喜代助が床《とこ》の間《ま》に目を留める。

「その徳利は酒かい」

「いや、これは油だよ」

「どうして床の間に油があるんだい。伊造さんは変な人だね」

「変な人かい。確かにそうだね。喜代助さん、お酒はここだよ。さあ、飲んでくれ」

徳利と二つの湯飲みを手に、伴斎は喜代助のそばに座り込んだ。

「ああ、ありがてえ」

徳利を傾け、喜代助が持つ湯飲みに伴斎は酒を注いだ。

「ああ、うめえ」

一気に酒を干して、うれしそうに喜代助が口元を袖でぬぐう。

「へえ、こいつはいい酒だ」

「その通りだ。こいつは格別の酒だよ」

「ありがてえなあ。こんなにいい酒はなかなか飲めねえよ」

「遠慮なくたらふく飲んでくれ」

「たらふくだなんて、うれしいことをいってくれるねえ。伊造さんも飲みなよ」

「うむ、そうしよう」

喉の渇きを覚え、伴斎は湯飲みを手にした。それに危ない手つきで、喜代助が酒を注いでゆく。

「うむ、うまい」

一口飲んで、伴斎は顎を深く引いた。

「そうだろう。とてもいい酒だよ。ところで伊造さん、肴はないのかい」

「すまない、ないんだ」

「そうか、ないんかい」

どん、と喜代助が伴斎の胸を手のひらで突いてきた。

「痛い。なにをするんだ」

へへへ、と喜代助が笑う。

「いい気持ちだなあ」

喜代助は泥酔すると、どうしてか手を上げるようになる。

胸が苦しくなり、伴斎は咳き込んだ。その様子がおかしかったのか、ははは、と喜代助が笑い声を上げて、またも伴斎の胸を突いてきた。

大きな笑い声のせいで近所の者が目を覚まさないか、伴斎は気が気でない。

「痛いよ、やめてくれ」

だが喜代助はおもしろがってやめようとしない。

憤然として立ち上がり、伴斎は厠に向かった。喜代助を一人にするのは心配だが、おそらく徳利のそばを離れることはないだろう。

厠は外に設けてあるが、新しいせいか、あまりにおいがしない。こいつはまずかったなと思ったが、今さらどうすることもできない。

用を足して家の中に戻ると、案の定、喜代助は徳利を抱き、ひたすら酒を飲み続けていた。まさにうわばみも同然である。徳利が、みるみるうちに軽くなってゆくのがわかる。

もう刻限は、八つ（午前二時）を過ぎただろうか。そういえば、と伴斎は先ほど八つの鐘を聞いたような気がしてきた。

まだ八つになっていなくとも関係ない。とにかく、真夜中でさえあればよいのだ。そこまで待てば、人に出会うことはまずあるまい。

よし、もうよかろう、と伴斎は決意した。懐に手を突っ込む。

「伊造さん、もう酒もなくなっちまった。俺はこれで帰るよ」

喜代助が空の徳利を床に置いた。

「まだ酒はあるよ」

「いや、帰るよ。女房と約束したんだ。今夜は必ず戻るって」

「そうかい、なら無理に引き止めないよ。喜代助さん、酒はうまかったかい」

「うまかったよ、この酒は最高だった」

酒臭い息をまき散らしながら、喜代助が破顔する。うんうん、と伴斎はうなずいた。

「おまえさんが人生の最後に飲む酒だからね、一番いい酒を選んだんだ。うまいのは当たり前だよ」

「えっ、伊造さん、人生最後って、いったいなにをいっ――」

喜代助の言葉は、途中で切れた。胸に匕首が刺さっているのを、喜代助が不思議そうに見る。

洞軒のときは心の臓を一突きにできたのに、今回はしくじったようだ。匕首は心の臓をわずかに外れているのだろう。だが、じきに喜代助はくたばる。

「ど、どうして」

ぎゅっと右手を握り込んで喜代助がきく。

「おまえさんが生きてると、俺が困るからだよ」

「な、なんで……」

「あの世に行けば、すべての謎は解ける」

「そ、そ、んな」

口から血を吐き、喜代助ががくりと首を落とした。伴斎は匕首を静かに引き抜いた。匕首の動きにつられたように、喜代助が畳の上にうつぶせになる。かたく握り締めた右手がじりじりと動き、喜代助の顔の下に入った。喜代助は口をもぐもぐさせている。

末期というこのときに、この男はいったいなにをしているのだろう。まるでなにかを食べているようだ。

胸の傷口から出てきた血があっという間に畳を汚す。喜代助の体の横に、どす黒い血だまりができた。

血の海に顔をうずめて、喜代助はすでに事切れている。

いったいなにを食べたのか、気になり、伴斎は喜代助の顎を持ち上げようとした。だが、医者という生業にもかかわらず、かっと目を見開いている死に顔が薄気味悪く、手を出すのをやめた。

無念そうな横顔を見つめつつ、これでよし、と自らを励ますように伴斎は口に出していった。これで俺を脅《おびや》かす者はいなくなった。

あとは本当に与野造だけだ。あの侍とおぼしき男に任せておけば、必ずや殺《や》ってくれるだろう。なにしろ安くない金を払ったのだ。

床の間の徳利を手にした伴斎は、中身をまんべんなくまき散らした。家の中が油くさくなり、息苦しくなってゆく。喜代助の体にも油を注ぐ。

行灯を静かに倒すと、炎が畳の上の油についた。ゆっくりとなめるように火が立ち上がり、一気に広がってゆく。喜代助の着物に火がつき、めらめらと燃えはじめた。

外に人の気配がないのを確かめ、ほっかむりを深くして伴斎は戸を横に引いた。あたたかな風が家の中に流れ込んできた。

もう一度ほっかむりをかたくして道に出、足早に歩きはじめる。

今頃、喜代助の死骸は火に包まれているだろう。

すぐに半鐘が聞こえてくるにちがいない。

なにもやり残したことはないはずだ。
先ほど家の中で行ったことを、伴斎は思い返した。うむ、大丈夫だ。
だが、どういうわけか、心のうちに不安の波が打ち寄せる。
これはいったいなんだ。
伴斎としては戸惑うしかない。
気に病むな。なにも手違いはないのだ。
末期のときに、喜代助がなにかを食べるような真似をしたのがやはり気になった。
あれはなんだったのか。
薄気味悪さに負けてしまったが、俺は医者なのだ、確かめるべきだった。
だが、今からではもうどうすることもできない。

二

あと五日だ。
寝床で目を覚ました直之進は思った。

待ち遠しくてならない。

あと五日で、これまでとは違う暮らしがはじまる。いったいどんな暮らしが待っているのだろう。

おきくとの新しい暮らしは、この小日向東古川町の長屋で営むことになっている。

登兵衛からの褒美金二百両を手にしたばかりの直之進としては、新居を見つけて、との思いがあったのだが、直之進さんが江戸に出て暮らしはじめたところでよいではありませんか、とおきくがいってくれたのだ。

なじんだ長屋を出る必要がないのなら、むしろありがたい気がして、直之進に異を唱える理由はなかった。

寝床の上で直之進は伸びをした。まだ夜は明けておらず、店《たな》の中は真っ暗である。掻巻を脱ぎ捨てて着替えた直之進は、戸を開けて外に出た。

空には星が冷たく輝いているが、全身がしびれるようだった冬の寒さが嘘だったかのように、大気は春らしいぬくもりを帯びている。誰もいない井戸端で直之進は顔を洗い、歯を磨いた。

あと四半刻（三十分）もすれば太陽が顔をのぞかせ、この井戸端も、洗濯や洗い物にいそしむ長屋の女房たちのかしましい声であふれ返るのだろう。

今のこの深閑とした静けさは、何物にも代えがたいような気がする。さっぱりとした心持ちで店に戻り、刀架の大小を腰に帯びた。

改めて外に出た直之進は長屋の木戸をくぐり抜け、通りに足を踏み出した。目指すのは音羽町である。

そういえば、と直之進は思い出した。昨日の夜、日本橋からの帰りに米田屋に寄った折に琢ノ介から聞いたのだが、音羽町九丁目で人殺しがあったそうだ。寝ているところを刃物で刺し殺されたのは、洞軒という医者とのことだ。

直之進は知らなかったが、なかなかの名医だったそうで、洞軒を失ったことで途方に暮れている患者がとても多いらしい。

かわいそうに、と直之進は洞軒と患者の両方に対して思った。洞軒がいなくなったことで、助からない患者も必ず出てくるだろう。それに、どんな理由があるにしろ、眠っているところを刺し殺すなど、あまりに無慈悲すぎる。

音羽町で事件が起きたのならば、富士太郎と珠吉が探索に当たるのだろう。あの二人なら、きっと速やかに事件を解決に導き、下手人を捕縛してくれるにちがいない。

納豆売りや塩売り、魚売りなど物売りの姿が徐々に目立ちはじめた道を歩き進んだ直之進は、音羽町四丁目に入った。甚右衛門店の路地に入り、一つの店の前に立った。中には明かりが灯り、人の動く気配がしている。

「倉田、いるか」

障子戸越しに直之進は静かに声をかけた。やや間があって佐之助の声が返ってきた。

「その声は湯瀬か。こんなに早くどうした」

腰高障子が横に滑り、佐之助が顔を見せる。

「済まぬ、まだ明けもせぬのに押しかけてしまい」

佐之助の頰に気がかりの色が差した。

「そのようなことはかまわぬのだが、湯瀬、なにかあったのか」

「いや、なにもない。ちと話しておきたいことがあって、まいったのだ」

目を細め、佐之助が直之進をじっと見る。

「確かに、急を要する用件ではないようだな。湯瀬、入るか」

「よいのか」

「うむ、すでに朝餉も終わっている。別におぬしに見られて困るものはない」

佐之助にいざなわれ、土間で雪駄を脱いだ直之進は畳の上に座した。

おはようございます、と千勢が茶を出した。かたじけない、と直之進は頭を下げた。お咲希も明るい声でおはようございます、といった。おはよう、お咲希ちゃん、と直之進は返した。

「湯瀬、遠慮なく飲んでくれ。それで、話というのはなんだ」

向かいに座った佐之助がうながす。一度、深く息をついて気持ちを落ち着けた直之進はすぐさま言葉を口にした。

「前にもいったと思うが、俺はおきくと一緒になる」

「うむ、そのことは聞いておるぞ」

「祝言の日が決まったのだ」

おっ、と佐之助が声を漏らす。千勢もわずかに目を見開いた。お咲希がにこにことうれしそうに笑う。

「そうか、ついに決まったか」

破顔した佐之助が身を乗り出した。

「いつだ」

「五日後だ」

意外そうに佐之助が目をむく。

「そいつはまた急な話だな」

「済まぬ。実はもっと前に決まっていたのだが、おぬしたちに伝えるのが遅れてしまった。それで倉田、急なことで申し訳ないのだが、是非とも三人で祝言に出てくれぬか」

顔を動かし、佐之助が千勢とお咲希を見やる。迷うことなく千勢が首を縦に動かした。

「父上、私も、行きたい」

佐之助に体を寄せて、お咲希がせがむ。うむ、と佐之助が顎を上下させ、目を直之進に移した。

「ということだ、湯瀬。喜んで出席させてもらおう」

「かたじけない」

「なに、礼をいうのはこちらのほうだ。今から楽しみでならぬ」

「湯瀬のおじさま、場所はどこ」

つぶらな瞳で直之進を見上げて、お咲希がきいてきた。

「ああ、そうだったな。湯島の佳以富という料亭で暮れ六つからだ」

「かいと……」

「お咲希は知らぬか。俺は名だけは聞いたことがあるぞ。確か料理で名がある店ではないか。名店だろう。よく取れたものだな」

「どういう伝があったのか、平川琢ノ介が取ってくれたのだ」

「平川か。やつとはともに戦ったことがあるが、いざというとき実に頼りになる男だ」

それは直之進も知っている。平川琢ノ介という男は、意外に粘り強い剣を遣うのである。強敵を相手にしても決して臆さず、命を惜しむことなく根気強く戦う。もしかなわぬと覚ったら、さっさと逃げ出す機転もきく。

琢ノ介はこれまで何度も命の危機を迎えたが、その粘り強さと機転ですべて乗り越えることができたのだ。

「では倉田、俺は帰る」

茶を飲み干して直之進は立ち上がった。

「もう帰るのか。湯瀬、今なにをしているのだ」

「それは、いま俺が請け負っている仕事のことをきいているのだな。人捜しだ」

「用心棒ではないのか」

「まずは捜し出さねばならぬ。警護はそれからだ」

「なにやら込み入っているようだな」

どういうことなのか、直之進は語って聞かせた。

なるほどな、と聞き終えて佐之助がいった。

「その与野造という男は、命が危ういかもしれぬのか。すぐに仕事に戻らなければならぬゆえ、湯瀬は朝早くやってきたというわけか」

「済まぬ。迷惑も顧みず」

「なに、かまわぬ。湯瀬、俺に手伝えることはないか。遠慮はいらぬ」

いわれて直之進はしばし考え込んだ。

「まことと甘えてもよいのか」

「まことよ。ふむ、湯瀬、なにか頼みたいことがあるようだな」

「おぬしに頼むのには、あまりにたやすすぎて、申し訳ない気持ちになるのだが」

「なんだ、早く言え」

わかった、と直之進はうなずいた。

「山内家の婚礼衣装のことで競合している家は、全部で四つだ。船越屋と勢井屋以外の二つの呉服屋を調べてもらえぬだろうか。天野屋《あまのや》と楽田屋《らくだや》という店で、両方とも日本橋にある。船越屋の者に聞いた限りでは、この二軒ともまず怪しいところはないと思うのだが、放っておくわけにはいかぬ」

「よし、わかった。調べてみよう」

佐之助が快諾する。

「倉田、なにか聞いておきたいことはあるか」

「なにもない。先入主《せんにゅうしゅ》を持たずに調べるほうがよかろう。さっそく取りかかる。湯瀬、それでよいか」

「願ってもないことだ」

千勢にも礼をいって直之進は外に出た。遅れて路地に立った佐之助とともに長屋の木戸を抜ける。

「湯瀬、ではこれでな。俺は、こちらの道を行く」

辻を指し示した佐之助がうなずいてみせる。

「うむ、よろしく頼む。倉田、だが無理はせんでくれ」

「うむ、わかっておる。俺もまた重い傷は負いたくないゆえな」

直之進がからんだある事件で佐之助は斬られ、大怪我をした。一時は生死の境をさまよったほどだったが、強靱《きょうじん》な気力を奮い立たせたか、無事この世に戻ってきた。今はほとんど全快し、以前と同様の暮らしができるようになっている。あっという間に、佐之助の姿が町並みに消えた。あれだけ動ければ本当にもう大丈夫だろう。ほっと胸をなで下ろして、直之進も歩きはじめた。

向かったのは小石川片町《かたまち》である。船越屋の内儀のおりきによると、与野造の実家である衣川《ころもがわ》家は町家と軒を接する武家屋敷なのだそうだ。

ここだな。

足を止め、直之進はこぢんまりとした門を見つめた。何人《なんぴと》をも拒絶するかのように門は固く閉じられている。

本来なら昨日、与野造捜しを請け負ってすぐにこの屋敷に来るはずだった。だが、直之進はまず、与野造と岐助がよく足を運んでいたという船越屋の別邸に行ってみたのだ。おりきによれば、別邸にはいないとのことだったが、直之進としてはこの目で確かめてみたかった。

別邸には下男夫婦がいるのみで、確かに与野造の姿はどこにもなかった。下男夫婦の話では、別邸にやってきた岐助と与野造はいつも、すぐに裏口から出ていったという。これはおそらく勢井屋などの目をくらますためだろう。

二人がどこに行ったのか、下男夫婦は知らなかった。おそらく別の隠れ家があり、岐助と与野造の二人は、そこで婚礼衣装の仕上げを行っていたにちがいない。

となると、今もその隠れ家に与野造はいて、婚礼衣装と一人、格闘しているのではあるまいか。

そう思った直之進は、昨日はそのまま一日中、隠れ家探しに精を出していたのだ。しかし、結局は見つからなかった。おりきとおれい母娘も、隠れ家があることなど初耳です、といった。急がば回れということもあり、まず別邸から当たったが、直之進は今日一番にこの屋敷を訪ねる気でいたのだ。

「ごめん」

大声を発し、直之進は門を叩いた。

叩き続けていると、屋敷内を小走りにこちらにやってくる足音が聞こえた。

「どちらさまでしょう」

戸惑ったような男の声が門越しに届く。

「ただいま当家は、来客はご遠慮いただいているのでございますが」

与野造のことで、謹慎しているにちがいない。門の向こうにいるのは下男だろうか。

直之進は名乗り、用件を告げた。

「船越屋からまいった湯瀬直之進と申す。お屋敷の方に取り次いでもらいたい」

「湯瀬さまでございますね。お一人でございますか」

「そうだ」

「少々、お待ち願えますか」

走り去る気配があった。

待つほどもなく戻ってきた。

「お待たせいたしました。どうぞ、お入りください」

くぐり戸が音もなく開き、しわ深い男が顔をのぞかせた。直之進を用心深そうな目で見つめる。

身を折り曲げて、直之進はくぐり戸を入った。敷石の向こうに玄関が見えている。

「どうぞ、こちらに」

くぐり戸をきっちりと閉めた下男の案内で敷石を踏んだ直之進は、背筋を伸ばして玄関先に立った。

直之進の動きに合わせるように廊下をやってきた一人の女が式台に降り、正座した。四十をいくつか過ぎているだろうか。上品な顔立ちをしているが、着衣はさほど上等とはいえない。

この女性は、と直之進は内心で首をかしげた。何者だろう。与野造の母親にしては、まだ歳が若い。姉だろうか。あるいは、衣川家を継いでいるという与野造の兄の内儀か。

深く頭を下げてから、直之進は丁重に名乗った。

「湯瀬さま、これまでお目にかかったことがございますか」

「いえ、お初にお目にかかります」

「さようですか。して湯瀬さま、船越屋さんからいらしたとのことですが、どのような用件でございましょうか」

「与野造どののことで、お話をうかがいたくまいりました」

それを聞いて女が眉を曇らせる。

「与野造どののことでございますか。昨日、町方からも、与力のお方が話を聞きにいらっしゃいました」

この屋敷にやってきたのは、このあいだ直之進に話を聞いた同心の上司に当たる者だろう。微禄《びろく》とはいえ、れっきとした旗本である衣川家に対し、足軽身分も同然でしかない同心を差し向けることは、さすがに控えたのだろう。

「さようですか。率爾《そつじ》ながら、あなたさまは与野造どのとどのようなご関係でございましょう」

表情を曇らせ、女がやや暗い声で答える。

「わたくしは義姉でございます。時恵《ときえ》と申します」

やはり兄嫁だったか、と直之進は合点した。与野造は衣川家の四男坊で、早くにこの家を出たとのことだ。

「船越屋どのには、こたびの与野造どののことで、ご迷惑をおかけしました。まさか与野造どのが岐助どのを手にかけるとは、夢にも思いませんでした。この通りでございます」

両手をついて時恵が深々とこうべを垂れた。

「いや、船越屋の者は全員が与野造どのの無実を信じております」

「とおっしゃると」

思いもかけないことをいわれたらしく、時恵がまごついたような顔を見せた。

「昨日いらした与力どのは、与野造が下手人であり、そのために逃げ出したのです、とはっきりおっしゃいましたが、船越屋の皆さんはちがうといわれるのですか」

「さようです」

どういうことか、直之進は手短に説明した。

それを聞いて、時恵が愁眉《しゅうび》を開く。

「もし湯瀬さまのおっしゃることが本当でしたら、与野造どのは今、婚礼衣装を仕上げるためにどこかに身を寄せているということになりますね。しかも、それは岐助どのに命じられて、ということにございますね」

「それがしどもはそう考えております」

「ああ、よかった」

胸を大きく上下させて時恵が安堵の息をついた。

「わたくしどもも、与野造どのが恩人である岐助どのを手にかけるはずがないと信じておりました。しかし、町奉行所の与力どのがいらして、岐助どのを殺した下手人にまちがいないといわれますと、さすがにどうしてよいやらわからなくなっておりました」

「それがしは船越屋の者たちに依頼され、与野造どのの行方を捜しております。

兄嫁どのに心当たりはありませぬか」

「それはつまり、先ほど湯瀬さまがおっしゃった隠れ家を知りませんか、とおききになっているのでございますか」

「その通りです。隠れ家について与野造どのから聞かれたことはありませぬか」

難しい顔で時恵が細い首を横に振る。

「いえ、わたくしどもは存じませぬ。なにしろ、与野造どのとももう二年以上も会っていないものですから」

「二年以上も……」

「さようです。与野造どのはもう身も心も船越屋さんの奉公人になったのだと考えておりました。この屋敷に来ても、居場所がなかったのは事実だったと思います」

与野造は口減らしも同然に、十五の歳に近所の布団屋で奉公をはじめた。それまで見よう見まねで屋敷の庭で木刀を振り回していたが、剣術の腕はかなりのものだったらしい。しかし布団屋に奉公することが決まって剣は捨てたそうだ。

「布団屋にいたのが、なにゆえ船越屋に奉公することになったのですか」

疑問に思ったことを直之進はきいた。

「与野造どのが奉公をはじめた布団屋は、鰻屋《うなぎや》という珍しい名です。これは鰻の寝床から先祖が取ったのではないか、と以前、店のあるじがいっていました」

冗談のような話だな、と直之進は思った。こほん、と時恵が照れたような咳《せき》をする。

「それはよいのですが、その鰻屋さんの布団を岐助さんがご覧になったことがあり、その縫い合わせの見事さに一目惚れしたそうです。その布団の職人が誰かを突き止め、鰻屋さんの了解をもらって与野造さんを船越屋さんに引き抜いたそうです。もしかすると、お金が動いたかもしれませんが、それはわたくしどもとは関わりのないことでございます。もともと与野造どのは、幼い頃から手先がとても器用だったそうでございます」

「船越屋に入ったのはいつのことですか」

「五年ほど前ではないかと思います」

「与野造どのは、今もその鰻屋とつき合いがあったのでしょうか」

「今はもうないでしょうね。鰻屋さんのあるじが亡くなり、店をたたんでしまいましたから。品物がいいことを認められて、品川や吉原にも布団を納めていたのに、あるじ一人の死で店が傾いてしまうなんて、商売というものはやはり大変でございます」

いかに商人たちが熾烈《しれつ》な競《せ》りの中に身を置いて鎬《しのぎ》を削っているか、倹約だけを経のように唱えている武家には永久にわからないのではあるまいか。

必ず与野造どのを見つけ出しますから、と確約して直之進は衣川家をあとにした。門を出て、さてどうするか、と思案する。

隠れ家か、と直之進は考えた。岐助はどうやって隠れ家を手に入れたのか。

しばし考え続けていると、ふと口入屋だろうか、とひらめいた。土地家屋を周旋《しゅうせん》するのを得意としている口入屋は、いくらもある。

よし、それでいってみるか。

別邸の近くにある口入屋を、直之進は片端から当たってみることにした。

船越屋の別邸は、小石川金杉水道町《かなすぎすいどう》にある。町屋が建て込んでいるが、あたりは意外に閑静《かんせい》で、別邸として決して悪くない所だ。別邸から北を仰ぎ見ると、高台にある伝通院《でんずういん》の広い杜《もり》が望めた。

伝通院は、徳川家康が生母である於大《おだい》の方が死去したとき、遺骨を納めるために建てた寺である。境内には、二代将軍秀忠の娘で豊臣秀頼の室だった千姫《せんひめ》の墓もあるそうだ。幕府の庇護《ひご》は厚く、あの寺で修行している学僧は千人にも及ぶという。

金杉水道町の界隈は武家屋敷が多い。半季や一季で奉公人を望む武家の求めに応ずるためか、口入屋が六軒ばかりあった。

直之進は、その六軒をすべて当たった。

船越屋の別邸を周旋した口入屋はすぐに見つかったが、隠れ家を斡旋《あっせん》した口入屋を見つけ出すことはできなかった。

考えてみれば、と直之進は思い直した。岐助が別邸のすぐそばの口入屋で隠れ家を探すことはないのではないか。

いくらか離れた町にある口入屋を、直之進は改めて当たりはじめた。

必ずや隠れ家を探し出し、与野造をこの手で守らなければならない。

歩き回り、口入屋を目にするたびに直之進は暖簾を払っていった。

丹沢屋《たんざわや》という口入屋を訪問したときだった。

「船越屋岐助さんに家を周旋したことがないか、ですか」

不審そうな口調で、あるじが直之進に問い返してきた。警戒の目をあからさまにぶつけてきている。

「おぬし、岐助どののを存じているのだな」

それに答えることなく、あるじはさらにきいてきた。

「お侍は、岐助さんとどのようなご関係ですか」

「関係というのは難しいな。用心棒を頼まれることになっていたが、岐助どのが殺されてしまった今となっては、関係をあらわす言葉はない。一度しか会っておらぬしな」

「あの、岐助さんが殺されたというのは、まことですか」

あるじの唇が震えはじめた。

「知らなかったのか」

「はい、存じませんでした」

「俺は、嘘はいわぬ。二日の日の夕刻、日本橋小舟町の路地で岐助どのは刺し殺された」

「だ、誰にですか」

「それはまだわかっておらぬ。今も番所の者が必死に捜していよう」

「まさかお侍も捜していらっしゃるんじゃありませんよね」

「うむ、俺は手代の与野造という者を捜している」

「与野造さんなら手前も存じていますよ。与野造さん、どうかされたんですか」

「岐助どのが殺されたとき一緒にいたのだが、行方がわからなくなっている」

「では、与野造さんが岐助さんを殺したってことですか」

「いや、そうではあるまい。与野造は、下手人から逃げているだけかもしれぬ」

「ああ、そうなんですか」

「改めてきくが、おぬし」

肩を怒らせた直之進は、ぎらりと目を光らせた。あるじがおびえた顔になり、一歩下がった。それを見て、直之進は表情を和《やわ》らげた。人を怖がらせるのは本意ではない。

「いまいちどきく。岐助どのに頼まれて、一軒家を周旋したことはないか」

「あ、あります」

やった、見つけたぞ、と小躍りしたいくらいだったが、まだ与野造を捜し出したわけではない。その衝動を抑え、直之進は平静な顔つきでたずねた。

「その隠れ家はどこにある」

「は、はい。音羽町七丁目です」

「まちがいないな」

「はい、まちがいありません」

「今から案内を頼みたいのだが、できるか」

「は、はい、できます」

「では、よろしく頼む」

「承知いたしました」

小腰をかがめたあるじが、奥に向かって声をかける。

「ちょっと出かけてくるから、店を頼むよ」

「あいよー」

明るい女の声が返ってきた。どうやら女房のようだ。

「まったく返事だけは、いつもいいんだ。本当に店番してくれるんだろうな」

ぼやきつつ、あるじが暖簾を外に払った。


その家まで半町ほどに近づいたら教えてくれ。

そういっておいた甲斐があり、丹沢屋のあるじが足を止め、あそこです、と一軒の家を指さした。

立ち止まった直之進は顔を上げ、あるじが指す方角を見つめた。

「油問屋の向かいの家か」

「さようです」

屋根にのった瓦《かわら》が春の陽射しを鈍く弾いている、平屋である。ぐるりを高い塀が巡っている。

「出入り口はどこだ」

「表と裏にあります」

「表はこの道に面しているのだな。裏口は」

「路地を入ってすぐの塀のところに、小さな門がついています」

「よし、そちらから行くか」

あるじの肩に手を置き、直之進はいった。

「おぬしはここで待っていてくれ」

「は、はい。承知いたしました」

「では、行ってくる」

あるじに告げ、直之進は歩き出した。

目当ての家の前を何気ないふうで歩き、中の気配を嗅いだ。

そのまま道を歩いて路地に入り、塀沿いに進む。

裏門が見えた。歩調を上げた直之進は裏門の前に立った。

門を押したが、閂《かんぬき》がおりているようで、びくともしない。

えい、かまわぬ。

跳躍した直之進は塀に手をかけ、腕の力で一気に登った。ひらりと敷地に飛び降りる。

家の裏手が見えている。こちらは壁が多く、座敷があるらしい場所には、雨戸が閉てられている。裏口には錠が下りていた。

南側に回り込み、濡縁《ぬれえん》に足をかけた。こちらも雨戸がきっちりと閉められている。再び直之進は中の気配を探った。

相変わらず人がいるような感じはない。

いや、実は与野造はおり、じっと息をひそめていはしまいか。

とにかく確かめねばならぬ。

裏口に戻り、直之進は錠を見た。大した錠ではない。

よし、やるぞ。

大きく息を吸い込んだ直之進は裏口の戸に体当たりをかました。

がたん、と耳障りな音を立てて戸が中に倒れ込んだ。

直之進は家の中に乗り込んだ。

誰かがあわてて走り出したような気配は一切ない。静けさが家を覆っている。

さして広くもない家の中を、直之進はくまなく捜した。

この家に与野造はいなかった。

直之進は家の表側の出入り口を見た。こちらには錠が下りていない。

ふむう、と直之進はうなって考えを巡らせた。ここに籠もって、岐助と与野造が婚礼衣装をつくっていたのは、まずまちがいないだろう。

岐助が殺されたあの場から必死に逃れた与野造は、いったんはここにやってきたのではないか。おそらく、そうするように岐助に前もっていわれていたのだろう。

そして、やりかけの婚礼衣装やら、裁縫道具やらを持って与野造はまたこの家をあとにしたのではないか。

つまり、と直之進は思った。岐助が襲われたのは婚礼衣装絡みであると、与野造も考えているということか。

船越屋の娘であるおれいがいうように、勢井屋の差し向けた刺客が岐助を殺したのだろうか。

だが、いくら大金が動くからといって、そこまでやるものだろうか。婚礼衣装という華やかだが無垢《むく》な感じのするものに、まったく似つかわしくない。

それにしても、と直之進は思いを与野造に馳せた。

今どこにいるのだろう。

安全なところにいてくれればよいが。

いま直之進ができることは、与野造の無事を祈ることしかなかった。

三

ぶすぶすと鈍い音を発して灰色の細い煙がいくつも上がり、あたりは霧がかかったようにぼやけている。

とうに鎮火しているものの、螢《ほたる》のように明滅する木々の燃え残りから熱気が立ち上り、体を包み込む。じっとしているだけで、汗ばんでくる。昇ったばかりの朝日が斜めに射し込み、空虚さの漂う焼け跡をやんわりと照らしている。家の外に設けられているためにかろうじて燃え残った厠の影が、富士太郎の足元に延びていた。

町奉行所の小者のほかにも火消したちが加わって、焼け跡を必死に調べている。全焼した一軒家の焼け跡から一体の遺骸が見つかり、ほかにも死者がいないか、捜しているのである。今のところ見つかっていない。

できれば、このまま一人だけで終わってほしいね、と富士太郎は祈るような気持ちだ。それは珠吉も同じだろう。

「このあいだ、洞軒先生が殺されたばかりなのに、また人死にが出るなんて……」

切ないね、と続けようとしたが、同心としていうべきでない言葉の気がして、富士太郎はのみ込んだ。

伸び上がるようにして、音羽町のほうに珠吉が顔を向けた。

「ここは小石川春日町《こいしかわかすが》ですから、音羽町まで歩いてもさしてかからないでしょう。おいしいご飯を食べさせてくれる店があれば、苦にならないほどの距離ですよ」

なかなかうまいことをいうね、と富士太郎は感心したが、その思いは面に出さない。ここは火事場なのだ。不謹慎な真似はできない。

火事は、よく火を使う冬にとにかく多い。春がくると、火事の季節が終わったことを感じ、富士太郎はいつもほっとするのである。

「無念だろうね。まだまだやりたいことがあっただろうに」

ふと、富士太郎の脳裏に直之進の顔が入り込んできた。おきくとの祝言まであと五日である。

ここまできて、もし火事で直之進さんが死んでしまったら、化けてでも佳以富に行こうとするだろうかね。もしおいらがその立場だったら、必ずそうするだろうよ。

いや、こんなときにおいらはなにを考えているんだい。目の前の仕事に集中しなきゃ駄目じゃないか。直之進さんが死んじまうだなんて、縁起でもないよ。

「死んだ者の身元はわかっているのかい」

そばにいる町役人の笛兵衛《ふえべえ》に真摯な口調でたずねて、富士太郎は死骸のほうに目を投げた。

真っ黒に焼けた死骸は、焼け跡の脇に敷かれた筵《むしろ》の上に置かれている。しゃがみ込んだ検死医師の福斎が、助手とともに入念に検死を行っている。

「それがわからないんですよ」

途方に暮れたように笛兵衛がいう。

「この家には以前、甲之助《こうのすけ》という人が住んでいたんですが、その人はこの家を売り払ってどこかに移っていったんです。以来、この家は無人ですからね」

「どうしてだい」

「甲之助さんという人が移っていったのは、いつのことだい」

「一月《ひとつき》ばかり前です」

「どこかっていうのは、居場所がわからないってことかい。ちゃんと人別送《にんべつおく》りはされているんだろう」

唇を嚙み、笛兵衛が情けなさそうな顔になった。力なく首を振る。

「それがされていないんですよ」

「じゃあ、いま甲之助さんは無宿者になっちまっているのかい」

「そういうことになります。甲之助さんは、故郷に帰るっていっていましたけど、なんの挨拶もなく急にいなくなってしまったんですよ。それまでのつき合いからして、ちょっと考えられないことで、手前どもも困惑しております。というわけで、人別送りはされていないのです。まことに申し訳ありません」

顔をしかめ、笛兵衛がこうべを垂れる。

「いや、謝ることはないよ。甲之助さんというのは何者だい」

「歳は五十八。こちらで一人暮らしをしていました」

「女房はいなかったのかい」

「もらわなかったようですよ」

男があふれている江戸の町では、生涯独り身の男は、なんら珍しくない。

「生業は」

「とうに隠居していました。前は、大店の番頭をしていたらしいんです。十年ばかり前に引退し、貯めていたお金でここを買い取って住みはじめたんです」

「大店というと」

「四、五年前に潰れてしまった川松屋《かわまつや》さんですよ」

「ああ、川松屋かい。味噌と醬油を扱っていた大店だったね。あるじが吉原の遊女に夢中になって、そのつけで店を畳まざるを得なくなったんだったね」

「それまで順調だった店をしくじるときは、女か相場か、このどちらかと相場が決まっていますからねえ」

それまでじっと黙っていた珠吉がいった。

「珠吉、今のはしゃれかい。こんな場所で不謹慎なことをいっちゃあいけないよ」

「とんでもない。あっしは、しゃれなんかいってませんぜ。ああ、相場ですかい。旦那、ちがいますよ。あっしは、だじゃれなんて嫌いですから」

「だじゃれが嫌いだなんて、珠吉は江戸っ子の風上《かざかみ》に置けないねえ。いや、そんなことをいっている場合じゃないね。笛兵衛さん、甲之助さんの故郷はどこだい」

「上方《かみがた》です。山城国《やましろ》だと、以前いっていましたね」

「店をやめたとき、甲之助さんは実際には故郷に帰ろうとは思っていなかったのかな。主家からお金をたっぷりもらって、あとは故郷で嫁をもらい、悠々自適というのが、隠居した番頭さんたちのたどる道筋だと聞いたことがあるけど」

「ほとんどの人はそうなんでしょうけど、中にはいろいろあって故郷に戻りたくない人もいるんでしょう」

人生はいろいろだからね、と富士太郎は考えた。故郷に居場所がない者だって、きっと少なくないだろうね。

「この家を甲之助さんから買い取ったのは誰だい」

新たな問いを放って、富士太郎は笛兵衛の顔を見つめた。

「伊造さんといいます」

「その伊造というのは何者だい」

「それがよくわからないんですよ」

「わからないって、どういうことだい」

「伊造さんという人は口入屋などの周旋を介さず、この家を甲之助さんからじかに買い取ったんですが、実は町内の誰もが顔をろくに見ていないんですよ」

「会ったことがほとんどないってことなのかい。伊造という者は、この町の者じゃないんだね」

「さようです。どの町の者かもわかっていません。引っ越してきたら、人別送りはちゃんとするっていう話だったので」

「焼け死んだ仏さんが、伊造だと考えられるかい」

控えめに死骸を見つめ、富士太郎は笛兵衛にきいた。

大きく息をつき、笛兵衛が困ったような顔つきになる。

「正直、わかりません。もちろん、それがいちばん考えやすいわけですけど。でも、伊造さんらしい者がこの家で暮らしはじめたところは、誰も見ていないんですよ」

誰も見ていないのか、とうなるようにいって富士太郎は腕組みをした。笛兵衛がなにかいいたそうな顔をしていることに気づく。

「笛兵衛さん、なにか」

はい、と笛兵衛が顎を引いた。

「樺山の旦那、実はこの家はまだ建ったばかりだったんですよ。古材を使って建てたんですけどね」

「えっ、本当かい。それが燃えちまったっていうのかい。建てたばかりっていうと、いつ建てたんだい」

「でき上がったのは、まだほんの十日ばかり前ですよ」

「十日前にできて、もう燃えちまったのかい。前の家は古かったのかい」

「そうですね。甲之助さんが買い取った頃、すでに三十年ばかりはたっていましたから、だいぶがたがきていたのは、まちがいないでしょうね」

「その古い家を建て直したのは伊造かい」

「さようです」

少し思案してから、富士太郎は再び笛兵衛に問うた。

「建てた大工を知っているかい」

「確か、喜代助さんという人でしたね」

「この町の者かい」

「いえ、ちがいます。普請の最中にちょっと話を聞いたことがあるんですが、小石川白壁町《しらかべ》だといっていましたよ」

「ふーん、白壁町かい」

おいらの縄張内だね、と富士太郎は思った。さっそく喜代助の家を訪ねて、話を聞くほうがいいだろうね。

「喜代助以外にも大工はいたんだろう」

いえ、と笛兵衛がかぶりを振った。

「ほかには誰もいなかったんです。喜代助さん一人で建てていましたよ」

「へえ、そいつは大したものだね」

「もちろん、壁塗りとかは左官さんがやったんでしょうけど」

「それはそうだろうね」

ただし、左官などは大工が手配し、謎の男である伊造は関わっていないだろう。しかし、一応は左官のことも知っておいたほうがいい。

「左官の名はわかるかい」

「そいつは聞いていません。手前どもが気づいたときには、すでに壁もでき上がっていたものですから、聞く暇がありませんでした」

そうかい、と富士太郎はつぶやくようにいった。

「甲之助さんは、どうして家を売りに出したんだい。どうやら故郷に帰る気はなかったみたいだったけど」

「詳しくは手前どもも知らないんですが、甲之助さんはどうも病に冒されていたらしいんですよ。それが不治の病だと思い込んでいたふしがあるんです。でもやっぱり死ぬ前に、若いときに出たきりの故郷に帰ろうと思ったんじゃないですかねえ。家を売れば、まとまった金が入りますしね。ただ、先ほども申しましたけど、甲之助さんの旅立ちは誰も見ていないんですよねえ」

誰にも別れを告げずに、と富士太郎は思った。甲之助という男がひっそりと故郷に向かったというのも考えられないではないけどね。

ただし、笛兵衛のいう通り、なんとなく釈然としないのは事実である。

ずっとしゃがみ込んでいた福斎がゆっくりと立ち上がったのが、富士太郎の目に入った。助手が差し出した手ぬぐいで、手を丁寧に拭いている。

「終わったようだね」

笛兵衛に礼をいって富士太郎は珠吉をうながし、福斎に近づいた。

「お疲れさまです」

声をかけると、富士太郎を見つめて福斎が小さくうなずいた。

「樺山さま、こんな物が出てきましたよ」

福斎が富士太郎の手のひらに、半透明の物をそっと落とした。

手を近づけて富士太郎は目を凝らした。

「先生、これはなんですか。ギヤマン製のようですけど」

半透明で耳かきのような形をしている。長さは二寸ほどか。

「耳かきのように見えますが、それはギヤマンでできたさじでしょう。もちろん、小さすぎてものの役には立たないでしょうが。これはおそらく根付でしょうね」

「さじですか」

いわれて富士太郎はまじまじと見た。

さじの取っ手のほうに穴が開けられ、焼け焦げた紐が通されている。肝心の財布はついてない。

「このギヤマンのさじはどこにあったのです」

「ここですよ」

右手を挙げ、福斎が自らの口を指さす。

「仏が口に含んでいたのですよ」

「これを口に……。ギヤマンが溶けなかったのですか」

「そのようですね。この仏は必死だったのではないでしょうか」

「必死だった。なんのために仏はそんな真似をしたのでしょう」

死骸に富士太郎は目をやった。

「手前にはよくわかりませんが、もしかしたら、こいつは殺しかもしれませんよ」

「ええっ、殺しですか」

顔を前に突き出し、富士太郎は瞠目した。

「あまり迂闊《うかつ》なことは、検死医師としてはいえませんがね。お恥ずかしいのですが、正直なところ、この仏さんの死因がなんなのか、手前にはわかりかねています」

ここまで焼け焦げてしまっていれば、それは仕方のないことだろう。

「ただ、もしこれが殺しだとした場合、そのギヤマンのさじは下手人の持ち物で、殺される寸前、この仏が奪い取ったかなにかして口に含んだのではないか。

これが最も自然な考えじゃないかな、と手前は思ったのですよ。もしごくりとのみ込んでしまい、胃の腑にあったら、検死の際にこうして手前が気づくことはまずなかったでしょう。口に含んで手がかりを残そうとしたことに、手前は仏の執念を感じたのですよ」

「仏にしてみたら、なんとしてもこのギヤマンのさじを見つけてほしかったということになるのでしょうね」

その思いに応えなければならないよ。それがおいらのつとめさ。

目に力を入れ、富士太郎はギヤマンのさじを溶かすような勢いで見つめた。

「おや――」

「旦那、どうかしましたかい」

「珠吉、見てごらん。このギヤマンのさじ、なにか彫り込まれているよ」

ギヤマンのさじに目を近づけ、富士太郎はじっと見た。横で珠吉も見つめている。

「駄目だ、あっしには見えねえ」

情けなさそうに珠吉が首を振る。

「旦那には見えますかい」

「うん、見えるよ。こいつは、ずいぶんと精妙な彫り物だねえ。どうやら大黒さまのようだよ」

「大黒さまって、七福神の大黒さまですかい」

「そうだよ。大黒さまが両手を突き上げているんだ。これは万歳をしているんだろうね。うん、まちがいないよ」

「万歳をした大黒さまか。そいつはまた変わった彫り物だ、なにかの判《はん》じ物《もの》ですかねえ。もし福斎先生がおっしゃる通り、それが下手人の持ち物だったとしたら、ギヤマンの職人を見つけさえすれば、すぐさま下手人は挙げられるってことになりやすね」

そうだね、と富士太郎は深くうなずいた。

「このギヤマンのさじは、特別に注文してつくった物にちがいないからね。ギヤマンの職人を見つけ出すことが、この火事の謎を解き明かす一番の早道になるだろうね」

「樺山さま、期待していますよ」

にこやかに笑って、福斎が富士太郎の肩を叩いた。

「がんばります。福斎先生、仏の死因はわからないとおっしゃいましたが、このギヤマンのさじ以外になにか妙な点は仏にありませんでしたか」

「いや、まことに申し訳ないが、焼け焦げた死骸というのは、どうにもならないのですよ。この仏は男だと思うが、それだって正直なところ、断言はできません」

まわりをはばかるように、福斎は声をひそめていった。

「この仏さんの留書も、できるだけ早く出すようにします」

「よろしくお願いします」

「では、手前どもはこれで失礼します」

丁寧に一礼し、福斎が助手とともに富士太郎たちの横を通り過ぎてゆく。

「福斎先生、朝早くからありがとうございました」

できるだけ丁重に富士太郎は礼を告げた。

その後も、ほかに死骸がないか、町奉行所の小者たちや火消したちによって焼け跡の捜索は続けられた。

「で、出てきた」

そんな声が響いたのは、福斎たちが帰ってから半刻ほどたった頃である。

「出てきたって――」

声の主である小者に富士太郎は飛ぶように近づいて、ただした。

「死骸が出たのかい」

「ええ、これですよ」

鋤《すき》を右手で持っている小者が、むき出しになった地面を指し示す。

「あっ」

人の指らしいものを目の当たりにした富士太郎は一瞬、呆然とした。

「早く掘り出しておくれ」

すぐさま我に返って小者に命じた。

「わかりました」

うなずいた小者が、鋤を使って猛然と土を掘りはじめる。

「できるだけ傷つけないようにしておくれよ。仏さんがかわいそうだからね」

へい、と答えて小者が掘り続ける。他の者たちも加わり、土がかき出された。

やがて一体の死骸が出てきた。土に埋まっていたせいで、焼け焦げてはいない。着物は着たままだ。死んでからかなり時が経過しているのはまちがいないが、年寄りであるのは明らかだ。

痛ましい思いで、富士太郎は死骸に向けて合掌した。この歳まで生きてきて、こんな死に方をするなんて、夢にも思わなかっただろうね。必ず仇は討つよ。

死骸はひどいにおいを放っている。小者たちの手で焼け跡の脇に運ばれた。

「しかし、よくここに死骸が埋まっているとわかったね」

富士太郎は小者をほめたたえた。

「焦げ臭いのとは別に、なにかひどくにおったものですから、ぴんときました」

「お手柄だよ」

「ありがとうございます」

小者を下がらせた富士太郎は、町役人を呼び寄せた。

「笛兵衛さん。新しい仏さんを見てくれるかい」

はい、と笛兵衛が寄ってきた。

「こ、これは……」

新たに出た死骸を一瞥して、笛兵衛が絶句する。

「笛兵衛さん、やっぱり知っているんだね。もしや甲之助さんではないかい」

「は、はい。樺山の旦那のおっしゃる通りです。この仏さんは甲之助さんです」

なんまんだぶなんまんだぶ、と唱えて笛兵衛が両手を合わせる。

「どうやら、甲之助さんは匕首かなにかで刺し殺されたようだね。着物の胸のところが、色がちがっているもの」

「ええ、旦那のいう通りですね」

苦い顔の珠吉が唇を嚙み締める。

「いったい誰がこんな真似をしたんでしょう」

許せないといわんばかりに珠吉が声を震わせた。

「それは、伊造という男の仕業でまちがいないだろうね」

怒りを面にたたえて富士太郎は断じた。すぐさま冷静に返る。

「となると、最初に出た死骸は誰だろう」

つぶやくようにいって、富士太郎は筵の死骸に目を転じた。

同じように目をやった珠吉が同意を示す。

「甲之助さん以外にもう一人、殺されたことになりますね」

「つまり、焼け死んだように見える仏さんも、実は伊造という男に殺されたかもしれないんだね」

「ええ、そういうことになりやすね」

ひどいにおいが漂う中、かわまずに大きく息をついて、富士太郎は甲之助の遺骸を見つめた。

「これで、甲之助さんは死んでからどのくらいたつんだろう」

「また福斎先生に来てもらわなきゃ、なりませんね。でも、あっしの見た感じでは、一月くらいはたっている気がしやすね」

「甲之助さんの姿がちょうど見えなくなった頃だね。殺されていたんじゃ、人別送りができないのも、近所の人たちに別れを告げられないのも当たり前だ」

笛兵衛に顔を向けた富士太郎は、もういちど福斎を呼んでくれるよう依頼した。

「わかりました。さっそく使いを走らせましょう。福斎先生が、診療所に戻っておられればいいんですが」

一人の若者を呼び寄せ、笛兵衛が用件を伝えた。承知しました、といって元気よく若者が走り出す。

若者の姿が消えるまで見送ってから、富士太郎は笛兵衛にいった。

「笛兵衛さん、近所の者に昨夜、不審な者の姿を見ていないか、あるいは気配を嗅いだり、物音を聞いたりしていないか、聞いておいてくれるかい」

「承知しました」

「もし見つかったら、すぐにおいらたちを呼んでおくれ」

「わかっております」

「おいらたちはちょっとはずすよ。福斎先生がいらしたら、よろしく頼むね」

「わかりました。お任せください」

「――珠吉」

鋭い声を発して、富士太郎は厳しさの宿る顔をすっと上げた。

「今から小石川白壁町に向かうよ」

「大工の喜代助さんに話を聞くんですね」

「そうだよ。よし、行こうか」

風を切るようにして、富士太郎は大股に歩を運びはじめた。その後ろを珠吉が早足でついてくる。

「旦那、なにか浮かない顔をしているみたいですね」

歩き出してしばらくしたとき、背後から珠吉がいった。

「えっ、そうかい」

頬に手を当て、富士太郎はつるりとなでた。

「気がかりがあるんですね。それがなにか、当ててみましょうか」

さすがに長いつき合いだけのことはあるねえ、きっと珠吉は当てるにちがいないよ。

そんな思いを抱いて富士太郎が振り返ると、珠吉がまじめな顔で見返してきた。

「喜代助さんという大工のことでしょう。もしかしたら、旦那はすでに喜代助さんは伊造という男に亡き者にされたかもしれないって考えているんじゃありませんかい」

さすがだね、と富士太郎は感嘆を隠せない。

「珠吉、よくわかるね、まったくその通りだよ。あの焼け焦げの遺骸が、そうじゃないかっておいらは思っているのさ」

「やはりさいでしたかい」

「じゃあ、珠吉も同じなんだね」

「ええ」

言葉短く珠吉が答える。顔をゆがめているのは、確かめずともわかる。

「しかし、伊造という男はどうして二人もの男を殺したのかな」

富士太郎が疑問を呈すると、珠吉が頰をふくらませた。

「さて、どうしてでやすかね。しかも、古材とはいえ、建てたばっかりの家を燃やしちまったのも、伊造の仕業ということでしょう」

「ああ、そうだね。どうして伊造はそんなことをしたんだろう」

「家を一軒建てたんですから、費えだって相当のものだったんでしょうに」

「だが、伊造はそれを惜しげもなく燃やしてしまったんだよねえ。さっぱりわけがわからないね」

まったくですねえ、と珠吉がぼやくようにいった。

日が高く昇り、四つ半（十一時）を過ぎたと思える頃、富士太郎と珠吉は小石川白壁町に着いた。

あたたかさを通り越して、もう暑いくらいだ。富士太郎たちはすっかり汗ばんでいる。

この分だと、夏があっという間にやってきそうだね。

顔の汗をぬぐってから白壁町の自身番に入り、富士太郎は、詰めている町役人たちに大工の喜代助の家がどこか、きいた。

「あれ、樺山の旦那、喜代助さんのことをご存じなんですかい」

町役人の一人が意外そうな声を上げる。この男は籾吉《もみきち》といい、温和さで町の者に慕われている。

「いや、名だけだよ。面識はないのさ。ちょっと喜代助さんに話を聞きに来たんだよ。でも、籾吉さんのその顔を見ると、どうやらなにかあったようだね」

「ええ、さようで」

真摯な光を瞳にたたえて、籾吉が深く顎を引いた。

「実は、喜代助さんの女房のおのりさんから、昨夜、喜代助さんが帰ってこなかったという知らせを受けたばかりだったんですよ。もしや、樺山の旦那がいらしたのは、そのことと関係があるのかな、とちらりと思ったものですから」

「昨夜帰ってこなかったといったけど、喜代助さんは、家を空けることは滅多になかったのかい」

「いえ、そういうこともないと思うんですがね。なにしろ大がつくほどの酒好きですから、深酒をして翌朝に帰るなんて、よくあることだと思うんですよ。町内の飲み屋でもくだを巻いている姿をしばしば見かけますし」

「それにもかかわらず、女房のおのりさんは、気がかりがあるようにおまえさんたちにいってきたんだね」

「はい、さようで」

昨晩に限ってなにか女の勘が働いたのかもしれないね、と富士太郎は思った。

「喜代助さんの家に案内してくれるかい」

「お安い御用です。じゃあ、早速まいりましょうか」

そそくさと土間で雪駄を履いた籾吉が外に出た。富士太郎にうなずきかけてから、歩きはじめた。その後ろを富士太郎と珠吉はついてゆく。

「こちらですよ」

一軒の家の前で、籾吉が足を止めた。目の前に建っているのは、こぢんまりとはしているが、造作になかなかの金がかかっているのが一目でわかる家である。

どこか陽造の家と感じが似ている。

この家は喜代助が建てたんだろうね。喜代助という男は、いい腕の大工だったにちがいないよ。

枝折戸を入り、町役人が戸口に立った。中に声をかける。

「おのりさん、いるかい」

「はい」

女の声で応《いら》えがあり、間を置くことなく戸が半分開いた。四十前という風情の女が顔をのぞかせる。鬢《びん》のあたりに白髪がまじっている。どこか疲れた顔をしていた。

「やっぱり籾吉さんでしたか」

おのりの目が、籾吉の背後に立つ富士太郎と珠吉に向けられた。富士太郎を町方役人と認め、あっ、と口が動く。

「亭主になにかあったのですか」

戸を思い切り開け、おのりが富士太郎の前にあわてて出てきた。

「いや、まだわからないんだよ」

もしかしたら焼け死んでしまったかもしれない、とは口にできず、富士太郎は曖昧《あいまい》ないい方になった。

「昨晩、喜代助さんは出かけたのかい」

「はい、飲みに行きました」

「どこに行ったんだい」

「それはわかりませんが、町内ではないような気がしました」

「町の外にもなじみの店があるのかい」

「あると思います。おいしいお酒を飲むためなら、どんなに遠くても平気でしたから」

「だったら、小石川春日町のほうへも行ったことがあるかな」

「多分、あると思います。あの、亭主になにかあったのですか」

必死の面持ちでおのりがまたきいた。

「いや、まだ本当にわからないんだ。おまえさんの話を聞いてからだよ」

「わかりました」

眉を曇らせて、おのりが目を足元に落とす。

「昨夜、喜代助さんは一人で出かけたのかい」

「はい、そうです。誰かと待ち合わせていたようです」

「誰かというのは」

「わかりませんが、施主さんかもしれません」

「伊造という男じゃないのかな」

「いえ、名はいっていませんでした。誰々と飲むとは、いつも口にしないものですから」

だがまずまちがいなく喜代助の相手は伊造だろうね、と富士太郎は確信した。

伊造に酔わされてあの家に連れていかれ、喜代助は殺されたのだ。

「お酒が好きな喜代助さんは、よく飲みに出ていたんだね。そのまま家を空けることも珍しくなかった。それなのにおまえさんは、どうして今日に限って、喜代助さんのことを籾吉さんたちに知らせたんだい」

「昨日の夕方、出かけようとする亭主の顔が透けて見えたような気がしたんです。それで、私は止めたんですよ。でもあの人は笑って出かけてしまったんです。どんなに酔っ払っても必ず帰ってくるように、私はきつくいったんです。亭主はまじめな顔で、必ず帰ってくるよ、と約束したんです。一度約束したら、あの人は必ず守ってくれました。それが昨夜は――」

言葉が続かず、おのりがうなだれた。

夫婦のその約束は、伊造という男によって断ち切られたにちがいあるまい。

「おのりさん、伊造という男について、喜代助さんからなにか聞いていないかい」

「いえ、なにも」

「小石川春日町で喜代助さんは一軒の家を建てたんだ。そのことは知っているかい」

「はい、存じています。このところ亭主はずっと小石川春日町に通っていましたから」

「伊造というのは、その小石川春日町の家の施主なんだ」

「ああ、そうなんですか。でも、本当に亭主からは伊造さんという人のことはなにも聞いていないんです」

伊造はなにもいわないように、喜代助に口止めしていたのかもしれない。

さてどうしようか、と富士太郎は悩んだ。火事で焼けた死骸のことをおのりに告げるか。あの死骸が喜代助であるのはまずまちがいあるまい。どういう理由かまだわからないが、伊造は喜代助の口を封じたのだ。

「おのりさん」

富士太郎は静かに呼びかけた。

「なんでしょう」

おびえたような色がおのりの瞳に浮いている。体に力を入れ、構えている。

かわいそうだね、とその姿を目の当たりにして富士太郎は思った。だが、ここはいっておいたほうがいいだろうね。

もしあの焼け焦げた死骸が喜代助でなかったら、おのりと喜代助のあいだで、あんたは死んだと思われたのよ、と笑い話で終わってくれるだろう。

「昨夜、小石川春日町で火事があった。喜代助さんが建てた家だ。その焼け跡から今朝、遺骸が一つ出てきた。男か女かもわからないほど焼け焦げているんだけど、もしかしたらそれが……」

　おのりの目が潤み、涙がぽたりぽたりとおちてきた。

「あの人、死んじまったんですね」

「いや、まだ決まったわけじゃない」

「いえ、まちがいないと思います。昨日のあの透き通った感じ。本当に影が薄いというのがぴったりでした。昨日であの人の寿命は尽きたんだと思います」

　昨夜、家を出てゆく喜代助を見て、これが亭主の姿を目にする最後かもしれないと、おのりは覚ったのだろう。

「下手人は必ず捕まえるからね」

　ほかに言葉が見つからず、富士太郎はおのりにいった。

「はい、よろしくお願いします」

　唇を嚙み締めて、おのりが頭を下げる。

「おのりさん、力を貸してくれるかい」

「もちろんです」

　涙が一杯にたまったおのりの目に、強い意志の光が見えている。

「喜代助さんだけど、いつも一人で仕事をしていたのかい」

「はい、そうです。前は仕事を厳しく仕込んでくれた親方について働いていたんですけど、その親方が亡くなってしまって。跡を継いだ息子さんと反《そ》りが合わなかったみたいで、そこはやめてしまいました」

一人で仕事をしている大工。伊造にとって、仕事を頼むのに恰好の相手だったのかもしれない。もし一人で仕事をしていなかったら、伊造に目をつけられることはなかったのではないか。

「喜代助さんは、いつも左官は誰に頼んでいるのかな」

「それでしたら、千次郎《せんじろう》さんです」

「住まいは」

「近所です」

すぐにおのりが道筋を教えた。ここからだと、ほんの一町もないだろう。

「千次郎さん、仕事に出ているんじゃないかと思うのですが」

「その場合は、仕事先を訪ねて話を聞くつもりだよ。おのりさん、おいらたちはこれで行くけど、気を落とさないでおくれよ」

そうはいっても、亭主が死んだかもしれないと聞かされて、気落ちするなというほうが無理だろう。

「あの、小石川春日町に行ってもよろしいでしょうか」

おずおずという感じで、おのりが希望を口にした。

「もちろんだよ」

大きくうなずいて富士太郎は、なにか励ましの言葉がないか、頭で探した。しかし、今はなにをいったにしても、なんの慰めにもならないことに気づいた。

「おのりさん、だったら、小石川春日町の自身番を訪ねておくれ。笛兵衛さんという気のいい町役人がいるから、その人に頼めばいいよ。ああ、そうだ。おいらから一筆したためておこうかね」

それを耳にした珠吉が矢立《やたて》を素早く取り出し、筆と紙を差し出してきた。

筆を手にした富士太郎は矢立の墨をたっぷりとつけて、手のひらの上に置いた紙にさらさらと文字を書きつけた。

「これでいいね」

一度読み返し、さらに墨が乾くのを待って富士太郎は紙を折りたたんで、おのりに手渡した。

「これを、春日町の自身番に詰めている者に見せればいいよ。きっといいようにしてくれるからね」

「ありがとうございます」

紙を押し戴くようにして、おのりが深々と腰を折った。

「じゃあ、おいらたちは行くね」

「は、はい。ありがとうございました」

涙をこらえて、おのりが再び辞儀する。

「礼をいうのは、おいらたちのほうだよ」

悲しそうな目でおのりを見ている珠吉をうながして、富士太郎は枝折戸を出た。

「手前が案内いたしましょう」

富士太郎とおのりのやりとりを、そばでじっと見守っていた籾吉が申し出た。

一度、角を曲がってほんの半町ばかり行ったところで、籾吉が足を止めた。

「こちらです」

本当に近いね、と富士太郎は目の前の家を見つめて思った。

生垣のあいだが通路になっており、そこを通って籾吉が戸口に近づいた。

「千次郎さん」

「はいよ」

明るい男の声が返ってきた。すぐに障子戸が開き、若い男が出てきた。目が鋭く、仕事ができそうな雰囲気を漂わせている。

「ああ、千次郎さん、いたのかい」

「今日はちょっと頭が痛くて、仕事を休んじまいました」

「風邪でも引いたかい」

籾吉にいわれて、千次郎が人なつこそうな笑みを見せる。

「とんでもない、ただの怠け病ですよ。このくらいなら行こうと思えば行けたんですけど、どうも今日はやる気が出なくて」

「まあ、そういう日もあるさ。明日からがんばればいいんだ」

「籾吉さんは、相変わらずいい人ですねえ。人を責めるってことを決してしないや」

ふふ、と籾吉が笑う。

「責めてもしようがないからね」

「それで、今日はなんですか」

千次郎の目が富士太郎たちをとらえている。

「ちと喜代助さんのことで、こちらのお役人が話をお聞きになりたいそうだ」

「喜代助さんのことですか。なんでしょう」

籾吉が横にどく。すぐさま足を踏み出し、富士太郎は千次郎を見つめた。

「おまえさん、つい最近、小石川春日町の普請の際、左官仕事をしたね」

「ええ、やりましたよ」

「施主が誰か知っているかい」

「はい。伊造さんという人だということだけは、喜代助さんから聞きました」

「伊造に会ったことは」

「ありません」

「喜代助さんから、伊造の話を聞いたこともないかい」

「ありません。施主さんについて、喜代助さんはなにもいいませんでしたから」

そうかい、と富士太郎はいった。

「どうしてお役人は、施主さんのことをおききになるんですか」

「ちょっとあってね」

「でも、施主さんのことなら、喜代助さんにきいたほうが早いんじゃないですか。ああ、また喜代助さん、飲んだくれて居場所がわからないんですね」

それには答えず、富士太郎は小さく頭を下げた。

「ありがとね」

それだけを告げて、富士太郎は千次郎の家をあとにした。

「では、手前はこれにて失礼します」

籾吉が一礼し、富士太郎たちとは逆の方角に歩き出す。

「ああ、世話になったね。ありがとね」

籾吉に声をかけた富士太郎は、これからどうしようかね、と考えた。籾吉を見送った富士太郎はきびすを返すや、まっすぐに道を進みはじめた。

そういえば、と富士太郎は思った。昨夜、喜代助は飲みに出かけたとのことだったね。伊造とどこかで待ち合わせしていたのはまちがいないだろう。

おそらく、家からさして遠くない飲み屋で待ち合わせをしていたのではあるまいか。あの界隈の飲み屋を余すことなく当たれば、伊造の顔を知る者を、見つけ出すことができるのではないだろうか。

「よし」

大きな声を出して、富士太郎は自らに気合を入れた。

「その意気ですよ、旦那」

肩を叩かんばかりの勢いで、珠吉が励ましてくれる。

「伊造という男を捜し出し、あっしたちで喜代助さんや甲之助さんの仇を討たなければなりやせんからね」

「うん、その通りだよ、珠吉」

深くうなずいて富士太郎は前を見据えた。

四

あと四日だ。

目覚めたときにまず直之進が思ったのは、このことだ。

すぐに起き出して行灯に火を入れた。まだ暗い中、いつものように井戸へと顔を洗いに行く。歯も磨いて、店に戻った。

腹が減っている。だが、ここには食べる物はない。どこかで腹ごしらえをすればよかろうと考え、直之進は出かける支度をととのえた。今日も与野造の行方を捜すのだ。

行灯の灯を消し、いざ出かけようとしたとき、戸口に人の気配が立ったのを感じた。

「湯瀬、いるか」

低い声が届いた。

「倉田か」

直之進は障子戸を開けた。

「汚いところだが、倉田、入ってくれ」

うむ、とうなずいて佐之助が土間で雪駄を脱いだ。その間に直之進は再び行灯をつけた。

二人は向き合って座った。

「天野屋と楽田屋のことは調べた」

直之進の目を見て、佐之助が静かに告げた。

「昨日の今日とはさすがに早いな。大したものだ。それで、どうだった」

「結論からいえば、両方とも船越屋のあるじ殺しには関係あるまい」

「そうか。おぬしのいうことならば、確かだろう」

「これでもう用事は済んだようなものだが、湯瀬、詳しい話を聞くか」

「頼む」

わかったとうなずいて、佐之助が唇に湿りをくれた。

「まずは天野屋だ。この店は、いい品物を安く提供していることで定評がある。毎日、大勢の客が押し寄せるようにして店に来る。ただし、品物はびっくりするほどよいものでは決してない。だから、土佐山内家の姫の婚礼衣装ともなると、どれだけのものができるかは正直、疑問だ」

「そうか」

「それに加え、あまりに大勢の客を相手にしているために、奉公人が忙しすぎていかにも疲れている様子なのが見て取れたな。あれだけ疲弊していては、裏で働いているお針子《はりこ》たちも、すばらしい婚礼衣装はつくれぬのではないか、と俺は感じた」

「天野屋は、岐助どのや与野造の命を狙うような真似はしていないと考えてよいのだな」

「うむ、その通りだ。婚礼衣装の競りについて、俺が調べた限りでは、正々堂々と勝負を挑むようだが、仮に婚礼衣装を射止めたにしても、あれよりもっと忙しくなっては、奉公人たちの体が保《も》つまいよ」

「ならば、天野屋は競りに参加するだけと見てよいな」

「うむ、それでよいと思う」

「倉田、茶も出さずに済まんな」

「いや、かまわぬ。おぬしのいれる茶を飲んでも、うまいとは思えぬ」

「そう馬鹿にしたものでもないぞ」

「よい。おぬしが嫁をもらったとき、改めて茶はいただく」

　姿勢を正し、佐之助が再び口を開く。

「楽田屋だが、こちらはいたってふつうの呉服屋だ。技もあり、多くの得意先を持っている。だが、これまで大名家に品物を入れたことはないようだ。この機会を逃すまじと思っているようだが、果たして土佐山内家の姫が気に入るような婚礼衣装をつくれるかどうか。危ういのではないか、と俺は思っている」

「ならば、こちらも参加するだけか」

「おそらくそういうことになろうな」

　すぐに佐之助が言葉を続ける。

「楽田屋のあるじはまだ若く、とても生真面目な男らしい。そのために、奉公人からは絶大な信頼を寄せられているらしい。悪辣《あくらつ》なことなど、一切考えぬ男のようだ。婚礼衣装についても今回はまだ荷が重いかもしれぬが、きっといい経験になろう。次かその次には必ずその資格が取れる店だと俺は見た」

だが、今回は無理だということだ。

「以上で終わりだ。どうだ、少しは参考になったか」

「十分だ」

「湯瀬、これからどこに行こうとしていた」

「勢井屋だ」

「やはりそうか。俺もついていってよいか」

「かまわぬぞ」

「もののついでだ。俺としては勢井屋がどんな店なのか、見ておきたい」

「よし、倉田、まいろうではないか」

直之進は佐之助と二人で長屋をあとにした。

朝日がまぶしい。肩を並べて日本橋に向かう。

「楽しみだな」

顔を向けて佐之助がいう。

「うん、祝言のことか」

「そうだ」

「おぬしはやらぬのか」

「いずれはな。やろうと考えていたところに、俺は傷を負ってしまった」

「もうすっかりよいのだな」

「ああ、もう大丈夫だ」

「それを聞いて安心した」

あたたかな風が土埃《つちぼこり》を巻き上げて、吹きすぎてゆく。用心棒としての習い性として、顔を伏せることなくやり過ごした直之進は佐之助にたずねた。

「そういえば、引っ越しをするようなことをいっていたが、あれはどうなった」

「今いろいろと当たっている最中だ。お咲希のこともあって、そうはたやすく決まらぬ。それでも、おぬしが持ってきた二百両のおかげで、なかなかよいところに住めそうだ」

「それはよかった。俺たちに二百両を出してくれた登兵衛どのも、それを聞いたら喜ぼう」

　ところで、と佐之助がいった。

「どういう手立てを使うつもりでいるのだ」

「なんのことだ」

「とぼけるな。おぬしのことだから、勢井屋のあるじにじかに会うつもりだろう。そのときにどんな手を使って会うつもりでいるのか、きいているのだ」

「あるじの魂兵衛とじかに話をするつもりなのは、おぬしのいう通りだ」

歩を進めつつ直之進は答えた。

「だが、手立てはなにも考えておらぬ」

「まことか」

「うむ。船越屋から来たと正直に告げれば、いやでも会うだろう」

「確かにな」

佐之助は納得した顔だ。

波のように人が行きかう中、直之進は勢井屋の前に立った。後ろに佐之助が控えている。

その名も日本橋呉服町《ごふくちょう》である。勢井屋以外にも、名のある呉服屋が軒を連ねている。

勢井屋の間口は、三十間は優にある。さすがとしかいいようがない広さだ。大勢の大きな暖簾は紐で固定されており、風にはためかないようにしてある。

客があって、商談中である。

暖簾をひょいとくぐり、直之進は土間に足を踏み入れた。

「いらっしゃいませ」

元気よく手代らしい男が近づいてきた。

「あるじの魂兵衛どのに会いたい」

手代を見つめ、直之進は穏やかに告げた。

「えっ」

思いもかけないことをいわれ、手代が驚く。まじまじと直之進を見つめてきた。

「お約束ですか」

「いや、約束はしておらぬ。俺は船越屋から来た湯瀬という者だ。あるじにそう伝えてくれぬか」

「船越屋さんから……」

一瞬、呆然としかけたが、わかりました、と手代が顎を引いた。

「あの、後ろのお方もご一緒ですか」

「うむ、そうだ」

「少々お待ち願えますか」

「うむ、待とう」

寺の本堂のように広々とした畳敷きに上がった手代が、内暖簾を払って奥に向かう。

「会えるかもしれんな」

後ろから佐之助がいう。

「会えるさ」

「湯瀬、おぬし、変わったな。以前はそんなに自信満々ではなかったような気がするが」

「俺も江戸の荒波に揉まれたのだ」

「というよりも――」

佐之助が言葉を切った。笑っているように感じられ、直之進は振り返った。

「所帯《しょたい》を持つということで、たくましくなったのではないか」

「そうかもしれぬ」

直之進が首を縦に動かしたとき、手代が戻ってくるのが見えた。

「お待たせしました。お目にかかるそうです。どうぞ、こちらにお越しください」

直之進と佐之助は奥座敷に通された。

「さすがにでかいな、この店は」

座敷を見回して、佐之助が感心したような声を発した。

「ここと同じような座敷が、いったいいくつあるのか」

廊下側の襖の向こうに人の気配が立った。

「失礼いたします」

しわがれた声がして襖が横に引かれた。敷居際で深く一礼して、眼光鋭い男が座敷に入ってきた。直之進たちの前に座る。

「手前が魂兵衛でございます」

両手をつき、こうべを垂れた。これで歳はいくつなのか。六十をいくつか過ぎているのではないか。月代《さかやき》はきれいに剃ってあるが、髪の毛はすべて真っ白である。輝くようにつやつやしている。

「それがしは湯瀬直之進と申す。後ろに控えているのは――」

なんと紹介しようか直之進が迷った次の瞬間、佐之助が口を開いた。

「佐之助と申す。従者のような者にござる」

「従者のような者とおっしゃいましたか」

合点がいかないという顔を、魂兵衛が向けてきた。

「お見受けしたところ、とても従者には見えないのでございますが」

「褒め言葉と受け取っておこう。とにかく、それがしのことは気になされるな」

しらっといって、佐之助が口を閉じる。

「さようにございますか」

背筋を伸ばし、魂兵衛がしゃんとする。なかなか迫力のある眼差しを直之進にぶつけてきた。もう佐之助のことは気にしていないようだ。

「船越屋さんからいらしたというのは、まことにございますか」

「まことだ」

直之進は静かに答えた。思い出したように魂兵衛が頭を下げた。

「岐助さんはお気の毒なことをいたしました。下手人は捕まったのでございますか」

「いや、まだだ」

首を振って、直之進は魂兵衛を見据えた。

「おぬしの差金ではないのか」

それを聞いて魂兵衛が目を大きく見開いた。

「滅相《めっそう》もない。どうして手前がそのような真似をいたしましょう」

「ならば、船越屋の奥座敷に飾られていた婚礼衣装がずたずたにされた件はどうだ」

一瞬、魂兵衛が詰まった。

「なんのことでございましょう」

「勢井屋、とぼけるのか」

「とぼけてなどおりません。船越屋さんの婚礼衣装がずたずたにされたというのは、まことでございますか」

「夜間、賊が忍び入り、そのような真似を行ったようだ」

「それはまたお気の毒な」

まったく気の毒とは思っていない顔つきで魂兵衛がいった。

「船越屋では、町奉行所の役人に賊のことを調べてもらっている。おぬしは、賊が捕まるはずがない、と高《たか》をくくっているのかもしれぬが、町奉行所というのはその道をもっぱらにしている者の集まりだからな、思いのほかあっさりと捕らえるかもしれぬぞ。賊の自白が楽しみだな」

「自白もなにも、手前どもはそのような後ろ暗い真似はいたしておりませんので、賊がどんな自白をしようと、まったく気になりません」

「そうか。ふむ、賊を捕らえても、勢井屋とのつながりを明かすことができなければ、おぬしのいう通り、ただの遠吠えよな」

いったん口を閉じた直之進はすぐに言葉を続けた。

「船越屋だけでなく、船越屋の仕事を受けている紺屋《こんや》や縫い屋、生地屋も、嫌がらせをされているようだ。やくざ者がやってきて因縁をつけたり、願人坊主《がんにんぼうず》が汚物をぶちまけたり、夜間に奉公人が何者とも知れぬ者にあとをつけられたりしたそうだ。勢井屋、こちらも覚えはないか」

「ございません」

「それならばよい」

明快に直之進はいいきった。

「もし今度そのような者が来たら、俺が引っ捕らえてやる。誰に頼まれてそんな真似をしたか、必ず白状させてやるつもりだ」

「それはよい考えでございますな。そのような不届きな者たちは、少し痛い目に遭ったほうがいいのでございますよ」

もう二度と嫌がらせの類をする気はなさそうだな、と魂兵衛の顔を見て、直之進は確信した。

「ところで勢井屋、存じているか」

笑みを浮かべて直之進はたずねた。

「なにをでございましょう」

「ずたずたにされた着物のことだ」

「ずたずたにされた着物は、こたびの土佐山内さまの姫君の婚礼衣装でございましょう。岐助さんが亡くなってしまわれ、衣装もずたずたにされたのでは、船越屋さんは、競りのほうは大丈夫でございますか」

「大丈夫だ」

自信たっぷりに直之進はいった。

「それはまたどういうわけで」

「気になるか」

「それは気になります」

「与野造がいるからだ」

「与野造さんでございますか」

不思議そうに魂兵衛が首をかしげる。

「なんでも、岐助さんを刺し殺したということで、御番所に追われていると聞きましたが」

「与野造は岐助どのを殺してはおらぬ」

「まことでございますか」

「うむ、まことよ」

「しかし、与野造さんは逃げ隠れしていると聞いております」

「逃げ隠れしているわけではない。ある場所にひそみ、婚礼衣装を完成させようとしているのだ」

「ええっ」

魂兵衛の腰がわずかに浮く。

「驚いたか、勢井屋。船越屋に忍び入った賊がずたずたにした婚礼衣装は、予備のものに過ぎぬ。正真正銘の本物はいま与野造が仕上げにかかっている最中だ。つまり、賊は無益な働きをしたに過ぎぬということだ」

呆然として魂兵衛は言葉がない。

「与野造さんが仕上げにかかっているというのは、まことにございますか」

声を絞り出すようにして、ようやく魂兵衛がいった。

「まことよ。仕上げの腕は岐助どのが見込んだこともあり、すばらしいの一言だ。九日に山内家の上屋敷でおぬしと会うことになろうが、俺はその日が楽しみでならぬ」

いい捨てるようにいってすっくと立ち上がり、直之進は座敷を出た。廊下をずんずんと歩き、内暖簾を払う。三和土《たたき》の雪駄を履き、暖簾をくぐり抜けて外に出た。

「湯瀬、おぬし、なかなかやるな」

肩を並べて、佐之助が笑いかけてきた。

「今のか。別に大したことはなかろう」

「そんなことはない。あのはったりは大したものだったぞ。以前のおぬしとは別人よな。本当にたくましくなったものよ」

「自分ではそんな実感はないがな」

「人の成長とは、そういうものだろう。本人は気づかずとも、まわりの者が目をみはることが多いものだ」

少し足を速めて、佐之助が直之進の顔をのぞき込む。

「湯瀬、あの様子では、勢井屋は岐助を害してはおらぬな」

「うむ、俺もそう思う」

「婚礼衣装をずたずたにしたり、下請けの店に嫌がらせをしたりしたのは、紛れもなく勢井屋の意を受けた者たちの仕業だろうが」

「その通りだ」

「そこまでして、勢井屋は競りに勝ちたいと思っている。湯瀬、なぜか知っているか」

きかれて直之進は佐之助の顔を見た。

「おぬしは知っているようだな」

「うむ、知っておる。天野屋、楽田屋のことが意外に早く調べがついたゆえ、勢井屋のことも少し調べてみたのだ」

「ほう、そうだったか。それでなにゆえ勢井屋は競りに固執するのだ」

「大きな店で繁盛しているように見えるが、実のところ、他の大店の追い上げが急で、売上が最近落ち気味だというのだ。それで土佐山内家の婚礼衣装をものにし、一気に劣勢の挽回を狙っているのだそうだ」

「あれで内情は苦しいのか」

「そうだ。でなければ、露骨な嫌がらせなどするはずもなかろう」

「そうかもしれぬ」

また佐之助が直之進の顔をのぞき込んだ。

「それで湯瀬、次はどこに行くのだ」

「鰻屋に行こうと思っている」

「鰻屋だと。腹ごしらえか」

「いや、そうではない。冗談のようだが、鰻屋とは布団屋の名だ。姿を消した与野造が最初に奉公をはじめた店だ。もっとも、鰻屋という布団屋はもうないゆえ、あるじの家人か、鰻屋に奉公していた者に話を聞きたいと思っている」

「そうか。湯瀬、がんばってくれ。俺はここまでだ。このくらいにして帰らぬと、千勢が心配しよう。おぬしのところに行ってくると告げただけで、ここまで遅くなるとは、よもや思っておらぬだろうからな」

「うむ、心配はさせぬほうがよかろう」

「では、これでな。十日に佳以富で会おう。とはいっても、もし俺の力が必要になれば、いつでもいってくれ。必ず力を貸そう」

「頼もしいな。そのときがくれば、必ずつなぎを入れさせてもらう」

「待っておるぞ」

すっと右手を上げて、佐之助が雑踏の中に身を紛れ込ませる。見る間もなく姿が消えていった。

相変わらず、忍びのような男だな。

あんな真似は自分にはできない。

首を振って直之進は北に向かって歩きはじめた。

半刻も立たず、足を止めた。

やってきたのは小石川片町である。この町に与野造の実家である衣川家の屋敷があり、また鰻屋があったのだ。鰻屋の場所は衣川家に行ったとき、与野造の兄嫁である時恵にきいておいた。

鰻屋の跡は、今は『青井屋《あおいや》』という食べ物屋になっていた。ただし、鰻は扱っていないようだ。

青井屋の者は鰻屋のことはほとんど知らなかったが、向かいに住む者が鰻屋の奉公人の消息を知っていた。百年以上も前からそこで暮らしているのではないか、と思えるようなばあさんである。

「鰻屋の奉公人に多呂作《たろさく》という人がおった。その人は、今は畳屋に奉公しておるよ」

「畳屋に。その畳屋はどこにある」

「あそこだよ」

震える手を伸ばし、ばあさんが指さす。

「ああ、本当だ」

ばあさんの家のはす向かい、青井屋の並びに畳屋があり、職人が畳に針を入れているのが見える。

「ありがとう、おばあさん」

「なに、礼なんかいらないよ。こんな年寄りでも、いつでも人の役に立ちたいもんなのさ」

「十分に役に立った。かたじけない」

道を横切り、直之進は畳屋を訪れた。

「多呂作さんはいるかな」

「あっしですが」

五十過ぎと思える男が針を持つ手を止め、直之進を見た。

「ちょっと鰻屋のことで聞きたいことがあるのだが、よいか」

「はあ、鰻屋ですかい」

多呂作が親方らしい男をちらりと見た。親方が、仕方がないなという顔でうなずいた。

「ときはさして取らせぬ」

親方を安心させるように直之進はいった。

「それで鰻屋のことというと、どのようなことですかい」

畳屋の脇の路地に入るやいなや、多呂作のほうから切り出してきた。

「与野造という男がいたはずだが、覚えているか」

「よく覚えていますよ」

どこか誇らしげに多呂作がいった。

「武家の出だったが、実に手先が器用だった。あっという間に仕事を覚えたものでしたよ。あっしなど、あれよあれよという間に追い抜かれましたよ」

「おぬしも布団の職人だったのか」

「そうです。今は布団とはちがう職人になりましたが、針を使うという点では似たようなものですね」

うむ、と顎を動かして、直之進は一つ間を置いた。

「おぬし、与野造のことは聞いているか」

多呂作が解《げ》せないといいたげな顔を向けてくる。

「与野造さん、なにかあったんですかい」

実は、と直之進は伝えた。

「ええっ、そんなことがあったんですかい」

「それで、俺は船越屋の依頼を受けて与野造を捜している。おぬし、与野造が逃げ込みそうなところに心当たりはないか」

「お侍は、与野造さんを害そうとしているわけじゃありませんね」

「船越屋に聞いてもらえればわかるが、捜し出し、命を守る役目を仰せつかっている」

「さようですか。お侍はいかにも遣えそうな雰囲気をたたえていらっしゃいますものね」

「どうだ、心当たりはないか」

そうですね、と多呂作が首をひねる。

「与野造さんの得意先なら、なにもいわずにかくまってくれそうですけどね」

「それはどこだ」

「吉原ですよ」

吉原というと、遊女が大勢いる吉原のことだな」

吉原とはまったく考えなかった。多呂作にいわれなければ、一生考えつかない場所だろう。だが、人が逃げ込むには恰好の場所といえる。

「ええ、ええ、そうですよ。吉原には与野造さんの布団を贔屓《ひいき》にしている店がいくつかあったんですよ」

「店の名を教えてくれるか」

「ええ、いいですよ」

多呂作は四つの店の名を上げた。

多呂作に礼をいって直之進は吉原に向かった。吉原には一度、行ったことがある。なにもしていないが、そのことがおきくにばれ、悶着《もんちゃく》になりそうになったことがある。

性に合わず、あまり足を運びたくない場所だが、今は好き嫌いをいっているときではない。とにかく、なんとしても与野造を見つけ出さなければならないのだ。

環田屋《かんだや》、間宮屋《まみやや》、久永屋《ひさながや》、中根屋《なかねや》。

与野造の布団を贔屓にしていた店は、この四つの揚屋《あげや》である。

吉原大門をくぐった直之進は次々にそれらの店を訪問し、与野造が来ていないか、きいていった。

だが、四つの揚屋とも、そういう人はいない、という返事だった。

だが、与野造がいないはずがないのだ。つまり俺は、と直之進は思った。吉原の者に信用されていないのだろう。

どうすればいい、と直之進は自問した。四つの店に押し込むようにして捜すわけにもいかぬし、うまい手立てはないだろうか。

火事でも起こし、与野造をあぶり出すか。

だが、そんな真似ができるはずがない。

途方に暮れたそのとき、不意に直之進に声をかけてきた者がいた。

「湯瀬どのではござらぬか」

まさか吉原で知り合いに会おうとは思っておらず、直之進はいささか狼狽《ろうばい》した。声の主に目をやる。

「またお目にかかりましたね」

のほほんとした顔をした男が、にこにこと笑っている。侍である。供も連れずに一人で吉原に来たようだ。

「こ、これは――」

「佐賀大左衛門《さがだいざえもん》どの」

佐賀は勘定吟味役殺害事件を追っていた直之進に佩刀伏見英光《ふしみひでみつ》を貸してくれた謎の人物だ。

「湯瀬どのも吉原にいらっしゃるのですなあ」

「いや、それがしは人捜しでまいりました」

「ほう、人捜しとは。どなたを捜しているのでござるか」

「与野造という者です」

「その人は何者でござるか」

「それがしが用心棒をつとめなければならぬ男です」

「用心棒を。そのような者を捜しているとは、ちと話が込み入っているようですな。その与野造という人が吉原にいるのは、まちがいないのでござるか」

「確信はありませぬが、まずいるものと考えています」

直之進は四つの揚屋の名を出した。

「なるほど、与野造どのはその四つの店のいずれかにいるのでござるな。わかりました、それがしが力をお貸しいたしましょう」

「まことですか」

大左衛門は相変わらず柔和な笑みを浮かべている。

「それがしは吉原ではなかなか顔が利きますからな、期待してくださってけっこう」

「かたじけない」

直之進は百万の味方を得た思いだ。

直之進は思い出したことがあった。

「このあいだは名刀英光をお貸しいただき、まことにかたじけなかった。刀のほうはいわれた通り、あの茶店に返しておきましたが、もう佐賀どのの手元に戻っていますか」

「いえ、まだ返ってきてはおりませぬが、あの茶店にあるのなら安心でござる。刀は役に立ちもうしたか」

「あの刀のおかげで、それがし、命拾いをしたようなものです」

「それは重畳」

大左衛門がにこにこと笑う。

「では、与野造どのを捜すといたしましょうか」

まず一番近くにある環田屋に、大左衛門は入った。その後ろに直之進はしたがった。

「与野造という人はおるかな」

大左衛門が店の者にきく。

「いえ、おりませんが」

「そうか。わかった」

それだけであっさりときびすを返し、大左衛門が大通りに出る。

次に入ったのは、中根屋である。ここでも同じやりとりがあり、大左衛門はすぐに中根屋をあとにした。

次いで大左衛門が足を踏み入れたのは、久永屋だった。

「与野造という人はおるかな」

「は、はい」

体格のがっちりした若い男が恐縮したように答える。先ほど直之進が訪問したときとは、態度がまったく異なる。いったいこの佐賀どのとは何者だろう、と直之進としても考え込まざるを得なかった。

「おるのだな」

にこりとして大左衛門が若い男に確かめる。

「は、はい。いらっしゃいます」

「会わせてくれるかい」

「は、はあ」

他の男衆があらわれ、一斉に大左衛門に挨拶する。

「与野造どのに会わせてくれるかい」

大左衛門が改めていった。

「承知いたしました」

男衆を束ねているらしい者が、深くうなずいた。

雪駄を脱ぎ、大左衛門が床に上がる。男が先導をはじめる。

「湯瀬どのもまいられよ」

「はっ」

大左衛門にいわれて、直之進も床に足を置いた。大左衛門のあとについてゆく。

「与野造さん」

奥にある部屋の板戸の前に立った男が中に声をかけた。

「お客さまですよ」

「どなたですか」

戸惑ったような声が返ってきた。

「佐賀さまでございます」

「佐賀さま。手前は知らないが――」

直之進は板戸の前に進み出た。

「与野造どの、湯瀬直之進だ。俺のことは覚えているな」

「湯瀬さま……」

板戸がそろそろと開いた。

「与野造どの」

「ああ、本当に湯瀬さまだ」

与野造がほっとした顔をしている。

「与野造どの、無事か」

「はい、なんとか。湯瀬さま、手前を捕まえにいらしたのですか」

「いや、ちがう」

どういうことか、直之進は手短に説明した。

「では、船越屋の皆さんは、手前の無実を信じてくださっているのですね」

「そういうことだ。着物はできたか」

はい、といって与野造が晴れやかな笑顔になった。

「できました。ここ、吉原ではなんでもそろいますからね。助かりました」

「見せてくれるか」

「どうぞ」

与野造が脇に寄り、直之進は部屋に入り込んだ。

「こ、これは」

うなり声を上げたのは大左衛門である。

婚礼衣装は壁際に飾るようにして掛けられてあった。

まさに、見事としかいいようがない。どういう技を用いているのか、着物に疎《うと》い直之進にはわからないが、絢爛豪華という言葉がぴったりだ。だが、それだけではない。上品さが同時に漂っている。これに身を包むことができる花嫁は、さぞ幸せだろう。おきくにも着せてやりたいと思った。

「ふむ、こいつはすごい出来栄えでござるな。いったいどうやって与野造どのは、こんなに見事な衣装をつくったのでござるか」

ため息をつくように大左衛門がいった。ことの経緯を直之進が説明した。

「ほう、土佐山内家の姫の婚礼衣装でござるか。それは豪華なのも当たり前でござるな」

「よし、与野造どの、この衣装とともに船越屋に戻ろう」

「湯瀬さま、戻って大丈夫でございますか。手前はあるじ殺しの下手人として、御番所に追われているのではありませんか」

「確かに追われているが、それは事情を話せば大丈夫だろう。だが、お披露目の日が終わるまでは、町奉行所におぬしのことを告げる気はない」

「さようでございますか」

「なにも心配はいらぬ。俺がおぬしを守るゆえな」

「わかりました。いま用意いたします」

着物をたたみ、与野造が箱に丁寧にしまい込む。

「湯瀬さま、まいりましょう」

与野造が久永屋の者に礼をいう。久永屋の者が笑顔で返す。

「また困ったときには、おいでなされ」

「ありがとうございます」

真摯でまじめな人柄が吉原の者たちにとても好かれているのがわかった。大勢の者が外に出て、与野造を見送ってくれた。

大左衛門とは久永屋の前で別れた。

与野造を守りつつ、直之進は大門の外に出た。あたりに怪しい者の気配は感じられない。

「急ごう」

直之進としては、できるだけ早く船越屋に戻りたい。

「舟を使うか」

日本堤《にほんづつみ》を歩いて東へ向かう。日本堤沿いに流れる山谷堀《さんやぼり》と大川の合流するところに今戸橋《いまどばし》という橋が架けられ、そこでは多くの猪牙舟《ちょきぶね》が客待ちをしている。

あと一町ほどで今戸橋に着くというとき、背後から殺気が迫ってきた。

抜刀しざま直之進は与野造を後ろにかばった。何者かの刀が上段から振られた。

膝を屈して直之進は体を低くし、刀を振り上げていった。

がきん、と音がし、直之進の刀がはね返された。驚いたことに、敵はさらに左手で直之進の刀を握ろうとした。

握られては身動きがかなわなくなる。

直之進は即座に刀を引いた。

襲撃者は黒頭巾をしていた。ちっ、とくぐもった舌打ちが漏れた。

黒頭巾からのぞく二つの目に、直之進は見覚えがあった。あまりにその瞳が暗かったからだ。三、四日前に会った北杜数馬ではないか。掏摸を痛めつけていた侍だ。

あの男がどうして襲ってくるのか。北杜数馬の標的は紛れもなく与野造だろう。

「きさま、北杜数馬だな」

刀を構えて直之進はいった。ふふ、と数馬らしい男が笑った。

「よく覚えておるな」

「その目を忘れられるはずがない」

じりっと直之進は前に出た。

「なにゆえこの与野造を襲う」

「世の中、いろいろと事情があるのだ」

「だが、与野造の命は決して渡さぬ」

斬り合いだぞ、侍同士が斬り合ってるぞ。

まわりにわいわいと野次馬が集まってきた。

黒頭巾の中の目が、うるさげに細められる。

「まさか、この俺の渾身の一撃を避けるとは思ってもみなんだ。湯瀬といったな、おぬしのことを俺はちとなめていた。それが俺のしくじりだな。おぬし、場慣れしておるな。ずいぶんと修羅場をくぐってきたようだ」

「場数だけは自信がある」

「そうか」

くっ、と唇を噛み、数馬がだっと体をひるがえした。あっという間に日本堤を駆け去ってゆく。

「なんだい、だらしねえなあ。逃げやがったぜ」

「けっ、もう終わりかい」

「つまらねえな」

そんな勝手な声が、野次馬たちから発せられた。

腹が煮えたが、野次馬どもにかかずらってはいられない。刀をおさめ、直之進は与野造を見つめた。

「大丈夫か」

「はい、大丈夫です」

顔は少し青いが、与野造は平静な表情を保っている。声も落ち着いている。

「湯瀬さまは今の侍をご存じなのですか」

「知り合いというほどの者ではない。一度、会ったことがあるだけだ」

そのときにまた会うのではないかと直感したが、まさかこのような形でとは思いもしなかった。

「はあ、さようでございますか」

油断ならぬ、と直之進は北杜数馬の刀法を思い出した。左手で相手の刀をつかんで動けなくし、右手の刀で相手を斬るというものだろう。どんなからくりがあの左手にあるのか知らないが、世の中には恐ろしい技があるものだ。

もし刀を握られていたら、俺は斬られていたのではないか。

数馬は次もまた襲ってこよう。

だが、俺は負けぬ。
与野造を必ずや守り切る。

第四章

一

三月七日のはじまりを告げる朝日が、江戸の町を照らしている。

その光を横顔に受けて、富士太郎と珠吉は急ぎに急いだ。

やがて道は小石川春日町に入った。

もうじきだよ。

富士太郎はいい聞かせた。

角を曲がると、こちらをじっと眺めるようにして立つ二つの人影が見えてきた。とても春とは思えない強い陽射しを浴びて、二つの影はひときわ黒々していた。

――あそこだね。おいらたちを待ってくれているんだ。

走るも同然の早足をずっと続けてきて息が苦しくてならなかったが、なおも足を速めて、富士太郎は二つの人影のもとを目指した。珠吉が遅れまいと必死に食らいつく。

珠吉の息はふいごのように荒い。

それを耳にしている富士太郎は、心配でならない。

珠吉、がんばっておくれ。もう少しだよ。お願いだから、倒れないでおくれよ。

二つの人影が立っているところまで、もう半町もないのだ。

右側の影が富士太郎たちに気づき、合図を送るように手を上げた。

あれは町役人の笛兵衛だろう。

二つの人影がじりじりと近づいてくる。ようやっと笛兵衛の前まで来て、富士太郎は立ち止まった。

ああ、着いたよ。このまま倒れ込めたら、どんなに楽だろうかね。

すぐさま振り返り、富士太郎は珠吉の様子を確かめた。

珠吉は体を折り曲げ、両手を膝に当てている。いかにも苦しそうにしているが、この分なら大丈夫ではないか。

珠吉は強靱だよ。へっちゃらに決まっているさ。

「樺山の旦那、よくいらしてくれました」

そういって笛兵衛が頭を下げる。

富士太郎は感謝の言葉を返そうとしたが、横腹がひどく痛み、喉が焼けついたかのようにひりひりして声が出ない。

「樺山の旦那、珠吉さん、大丈夫ですか。よっぽど急ぎなさったんですね。いま水を持ってきましょう」

「いや、水ならあるんだよ」

ようやく声が出た。富士太郎は腰に結わえてある竹筒に触れてみせた。それをつかんで、ごくごくと水を飲んだ。珠吉も竹筒を傾け、喉を鳴らしている。

喉を潤したことで、富士太郎は人心地《ひとごこち》ついた。焼け跡を改めて眺める。焼け残った厠はまだそのままだが、燃えかすなどはだいぶ片づけられている。もちろん、煙は一筋も上がっていない。熱気も感じない。

「笛兵衛さん、ありがとうね。見つけてくれたんだね」

笛兵衛の横に立つ男を見つめて、富士太郎は微笑した。

「ええ、さようですよ」

笑顔で笛兵衛が男を紹介する。

「そこの家の者ですよ。郡太郎《ぐんたろう》さんといいます」

郡太郎は焼け跡の隣に住んでいるのだ。

笑みを浮かべて、郡太郎が富士太郎たちに挨拶する。小柄で黒い顔をした男である。

「郡太郎さん、手前にした話を樺山さまたちにもして差し上げなさい」

承知しました、と郡太郎が富士太郎に向かって小腰をかがめた。

緊張させないように郡太郎に穏やかな眼差しを注ぎ、富士太郎は静かに聞く姿勢を取った。珠吉も顔を下に向け、鋭い目は見せないようにしている。

「一昨夜でしたね、八つ（二時）を多分すぎた頃だと思います。あっしは小用を足したくなって、目覚めたんですが、甲之助さんの家から男の人の話し声がしました。笑い声も聞こえてきました。あれは、酔っているような声でしたね。この界隈は年寄りが多いんで、普段は深夜に人の話し声がすることは滅多にないんで、誰か来ているんだな、とあっしは思いました」

「話し声がしたということは、家には二人以上いたことになるね。郡太郎さん、聞き覚えのある声だったかい」

すまなそうに郡太郎がかぶりを振る。

「いえ、そこまではさすがにわかりません。ただ、火事になる前にここに人が来ていたのはまちがいありません」

「聞いたのは声だけかい。顔は見ていないのかい」

「すみません、声だけです。でも――」

「なんだい」

「あっしはだいぶ前にも、この家で若い娘を見たことがあります」

「えっ、若い娘かい。それはいつのことだい」

「あれは……」

うつむいて郡太郎が考え込む。

「今月の朔日《ついたち》から二日にかけての夜だったと思うのですが」

「朔日の真夜中かい」

洞軒先生が殺された晩だね、と富士太郎は思った。

「郡太郎さん、その娘の顔は見たのかい」

「はっきりではありませんが、見ました。一昨夜と同じように八つ頃にあっしが目覚めて厠に行ったとき、ちょうど八つの鐘が鳴ったんですが、垣根越しに、そこの厠に入ってゆく若い娘を見たんです。娘は燭台を持っていたんですけど、その明かりは顔まで届いていなかったんで」

「歳のころはいくつぐらいだい」

「かなり小柄だったので、十二、三ぐらいかと思いますが」

「初めて見る娘だったのかい」

「ええ、たぶん。寝ぼけていたのか、足を引きずるようにしてましたね」
十二、三ぐらいで、足を引きずってる娘ね。——近ごろどっかでそんな娘に会ったような気がするね。誰だったかねえ。
そんなことを思いながら、富士太郎は焼けることなく残った厠に歩み寄った。扉を開く。

「どうやらほとんど使われていないね。大して臭わないよ」

珠吉も厠をのぞき込み、鼻をくんくん鳴らした。

「本当ですね」

それにしても娘かい、と富士太郎は考えにふけった。いったい何者だろう。

八つ頃にその娘が厠に行ったというのが、なんとなく引っかかる。

そういえば、と富士太郎は思い出した。洞軒が殺された晩、伴斎の診療所に泊まり込んだ女房がいた。おさまという女である。亭主の陽造が伴斎の治療を受けるため診療所に泊まり込み、その付き添いをしていた女だ。おさまに初めて会ったとき、十二、三ぐらいの娘に見えたほど小柄だった。

雲をつかむような話だけれど郡太郎が見た娘が、おさまということは考えられないかね。

おさまに話をききに行ったとき、箒を手に出てきたおさまが、かすかに右足を引きずっていたのを富士太郎は思い出した。

いや、いくらなんでもそいつは無理だね。あの晩、おさまはこの焼け跡から一里はあろうかという浅草阿部川町の伴斎の診療所にいたんだから。

だが、もしそうだとしたらどういうことになるのだろう。おさまは伴斎の診療所にいなかったことになる。

いなかったとしたら、どういうことになるのだろう。

よくわからないね。なんかまだ頭が働いていないよ。

富士太郎は馬のように顔を振った。少しはしゃんとした。

この場所で甲之助と喜代助が殺された事件は、伴斎の洞軒殺しとつながりがあるのかね。そうだとしたら、どういうことになるんだろう。

とにかく、と富士太郎は思った。おさまにもう一度話を聞くべきだろうね。なにかとっかかりが見つかるかもしれないよ。

「ほかになにかいっておくことはないかい」

優しい口調で富士太郎は郡太郎にきいた。

「そういえば、その娘が外に出てきたとき、ふわりと薬湯らしいにおいがしたんですよ。それも関係ありますかねえ」

「大ありだよ」

もしそれが本当におさまだったとしたら、薬湯のにおいをさせていてもおかしくはないのだ。

「まだほかにあるかい」

「いえ、あっしの話はこれだけです。あの、お役人、役に立ちそうですか」

期待に目を輝かせて郡太郎がたずねる。

「もちろんだよ」

郡太郎の顔を見て、富士太郎は力強くいいきった。

「おまえさんが話してくれたおかげで、解決の糸口が見えたような気がする」

「えっ、ああ、そうですか。よかった」

安堵の息をついて郡太郎が笑顔になる。

「町方のお役人に見たことをお話しするって、胸が痛いくらいにどきどきしました。でも先夜のことを思い切って笛兵衛さんに伝えて本当によかった」

地道に暮らしている町人にとって、こうして町方役人とじかに話をするというのは、やはり大変な思いをするものなのだ。

「おまえさんの思いに応えるためにも、おいらたちはがんばるよ」

「はい、よろしくお願いします」

元気よく頭を下げて郡太郎がいった。

「笛兵衛さん、ありがとう。助かったよ」

「いえ、手前は当たり前のことをしたまでですよ。樺山の旦那のお力になれれば、それでよいのです」

「ありがとうね。必ずこの一件は解決してみせるよ」

「期待しています」

「任しておくれ」

にこりと笑って富士太郎は胸を拳で叩いた。

「じゃあ、これでね」

きびすを返して富士太郎は歩きはじめた。

「旦那、どこに行くんですかい」

「珠吉、わからないかい」

「いえ、わかりますよ。おさまさんのところでしょう。初めて話をききにいったとき、おさまさんは右足を引きずっていましたねえ」

「ご名答」

足を運びつつ、富士太郎は思案に暮れた。もし甲之助と喜代助の死に伴斎が関わっているとしたら、どういうことになるのだろう。

伴斎が伊造だろうか。そうとしか考えられない。

つまり、伴斎が甲之助と喜代助を殺したということになるのか。

どうして洞軒を手にかけたあと、喜代助を殺す必要があったのか。喜代助は口封じに殺されたのではないか、と昨日考えたことを富士太郎は思い起こした。

一月前に伴斎は、焼けた家の持ち主だった甲之助を殺して床下に埋めている。これは、家を買ったことで、甲之助に顔を知られたからにちがいないだろう。

こいつも口封じだね。おそらく普請の最中、床下に埋めたのだろう。

伴斎は、喜代助に依頼して新たな家を建てさせている。その家で足を引きずって厠に歩いていく女が目撃された。しかも洞軒が殺された晩の同じ刻限に薬湯のにおいをさせて――。

ああ、そうか、といきなりひらめいて富士太郎は跳び上がりたくなった。

「珠吉、伴斎の企みはすべてわかったよ」

富士太郎に並びかけた珠吉が顔を輝かせる。

「えっ、旦那、本当ですかい。早く聞かせてください」

「うん、いま話してやるからね、耳をかっぽじってよく聞くんだよ」

「合点承知」

大きく息を吸い込んで富士太郎は話しはじめた。

「洞軒先生をこの世から除くという目的のために、伴斎は伊造という男になりすまして、まず甲之助から家を買い取った。それを喜代助に建て直させた。古材を使って半人庵とまったく同じ造りの家にしたんだ」

「ほう、そうなんですかい」

「そうなんだよ。伴斎は、三月朔日に洞軒先生を殺すことに決めた。その晩、患者の陽造を治療のためといって阿部川町の半人庵に泊まらせ、女房のおさまも呼んだ。陽造は薬で眠らせた。おさまも茶に薬を入れて眠らせたんだろう」

「医者ですから、その手の薬はいくらでも持っているでしょうね」

そういうことだね、と富士太郎は大きくうなずいた。

「おさまが眠ったのは、九つ半（午前一時）前くらいだといっていたね。薬の力でぐっすりと眠っているのを確かめた伴斎は、小柄なおさまをおぶって小石川春日町に建てたばかりの偽の診療所に運んだんだ。浅草阿部川町の半人庵から、小石川春日町までなら半刻（一時間）もかからない。それからその家におさまを置いて、伴斎は音羽町九丁目の洞軒先生の診療所に走ったんだ。春日町からだと、おいしいご飯を食べさせてくれるなら苦にならない距離でしかない」

「ほう、なるほど。洞軒先生を殺した伴斎は、また偽の診療所に走って戻ったんですね。阿部川町の半人庵と音羽町の得州堂を往復するのに一刻（二時間）かかる。春日町の偽の診療所におさまを連れてくることで時をかせぎ、八つの鐘をおさまに聞かせることができたんですね」

「そういうことだよ。戻っておさまを起こし、八つ（午前二時）の鐘を聞かせたんだ。それで、おさまは半刻あまり眠ったことを知ったんだ」

「それで伴斎は薬入りの茶をおさまさんに勧め、また眠らせたんですね」

「そうだよ。その前におさまは厠に行ったんだ。珠吉、覚えてるかい。おさまが、厠の臭いも感じないくらいぼんやりしてたっていってたこと。はなから厠の臭いなんてするはずないんだよ。八つに目を覚ましたおさまと伴斎がいたのは、建てたばかりの偽の診療所なんだから。伴斎はおさまに、陽造さんはぐっすり眠っているから、といって亭主の顔を見せなかった。偽の診療所では布団を細工して寝ているように見せかけただけだから、見せようにも見せられるはずがなかったんだ」

「そういうことですかい」

「八つ半(午前三時)頃に薬が効いて再び眠り込んだおさまをおんぶし、伴斎は小石川春日町の偽の診療所から浅草阿部川町の半人庵に戻った。半刻かからずに半人庵に着き、七つ(午前四時)の鐘を聞かせるためにおさまを起こした。七つの鐘を聞いたおさまは、また半刻ほど眠っていたことを、それで知ったんだ」

息を吐き出し、富士太郎は言葉を続けた。

「だから、途中の木戸番に話を聞けば、小石川春日町と浅草阿部川町を、女をおんぶして往復した者がいることがはっきりするはずだよ。木戸番たちがそのことを証言しても、伴斎が洞軒先生を殺した証拠にはならないんだけどね」

「伴斎は、半人庵と同じ建物を建てたことを知られたくなかったから、喜代助さんまで殺して火をつけたってことですか」

「そうだよ」

振り向いて富士太郎は珠吉を見やった。

「でも、家は大工だけで建つわけじゃないからね。左官の千次郎さんが、小石川春日町の建物の中を見ているよ」

「千次郎さんに半人庵を見てもらえばいいんですね。寸分たがわぬ造りであることを証言してもらえば、伴斎を捕まえられるんじゃないですかね」

「いや、そんなことはしなくていいよ」

富士太郎は明快にいいきった。

「どうしてですかい」

不思議そうに珠吉がきく。

「これがあるからだよ」

懐から富士太郎が取り出したのは、ギヤマンのさじである。

「これは伴斎の持ち物だよ。大黒さまが万歳しているのは、多分、伴斎と万歳のだじゃれだろうね」

「ああ、そういうことですかい。だったら、ギヤマンの職人を捜し出せば、本当に伴斎を捕まえられますよ」

「そうだね。それでも喜代助さんを殺した直接の証拠にはならないね」

「ああ、さいですね。喜代助さんが口に含んでいただけですからね」

「伴斎に、喜代助さんに盗まれたとでも強弁されたら、おいらたちはどうすることもできないよ」

「伴斎は、ギヤマンのさじをなくしたことに気づいていますかね」

「うん、さすがにもうわかっているだろうね。どこでなくしたかも、覚っているかもしれないね」

歩きながら富士太郎は考えにふけった。

「うん、こいつは使えるかもしれないね。珠吉、とにかく一刻も早くギヤマンのさじをつくった職人を見つけ出そう。下手したら、その職人も伴斎に口封じされてしまうかもしれない」

さいですね、と眉尻をきゅっと持ち上げて珠吉が答える。

ギヤマンの職人は、と富士太郎は思った。きっとすぐに見つかるだろうさ。そうさ、そうに決まっているよ。

富士太郎は強く信じた。

二

ない。

好物の饅頭《まんじゆう》を買い求め、代を払おうとして、伴斎は気づいた。

なくしたのだ。

どこで。

あっ、と伴斎は思い出した。

喜代助が末期のときに口を動かしていた。あの男は、力を振りしぼってギヤマンの根付を口に含んだのだろう。

しかし、今頃気づくなど、どうかしている。やはりいろいろあって、気持ちに落ち着きがなかったのだ。手元のことがまったく見えていなかった。だが、それも仕方ない。平静でいられなかったのも当たり前だろう。

「先生、どうかしましたか」

なじみの饅頭屋の娘にきかれた。

「ああ、いや、なんでもない。いくらだったかな」

「はい、二十文になります」

「じゃあ、これを」

財布から五枚の四文銭を取りだし、伴斎は娘に渡した。

「毎度ありがとうございます」

ほかほかとあたたかい紙包みを胸に抱きながら、伴斎は半人庵に向かって歩いた。しかし、と思う。ギヤマンの根付は、どうして財布から外れてしまったのか。

ああ、あれか、と伴斎は見当をつけた。酒をたらふく飲んで酔っ払った喜代助に、胸を何度も突かれた。あのときに、きっと財布から外れて根付は畳の上に転がったのかもしれない。

死を覚った喜代助は、伴斎に殺されたことを伝えるために気力を振りしぼってギヤマンの根付を口に含んだのだ。

だが、きっともう溶けてしまっているにちがいない。よく知らないが、ギヤマンは熱に弱いのではあるまいか。口に含んだくらいでは、火にやられて元の形をとどめることは、まずないのではないか。

そうに決まっている。

だが、もしギヤマンの根付のことを町奉行所の役人に知られたら、どうなるだろうか。あの若い役人はなんと名乗ったか。樺山富士太郎だ。

焼け焦げた死骸がギヤマンの根付を口に含んでいたからといって、もちろんそれが殺しの証拠にはならない。

あの樺山という同心は、大黒が万歳している彫り物を見て、伴斎と万歳をかけていることに気づくだろうか。

気づかないと考えるほうがどうかしているだろう。

どうすればいい。

だが、考えたところで答えが出るはずもない。

まずい。まずいぞ。

背筋を冷や汗が流れてゆく。

あのさじは特別に注文したものだ。ギヤマンの職人を調べられたら、誰が注文したかわかってしまう。

あのギヤマンの職人を亡き者にしたほうがよいのではないか。

うむ、そうしよう。殺そう。これまで俺は何人の男を殺したのだろう。

甲之助、洞軒、岐助、喜代助。全部で四人だ。医者を生業にして、まさかこれだけの人を殺すことになろうとは、夢にも思わなかった。

だが、四人殺すも五人殺すも同じだ。

決意を固めて、伴斎は半人庵に戻った。

土間に草履《ぞうり》が置かれている。患者が来ているようだ。待合室の襖は閉じられている。

土間で雪駄を脱いだ伴斎は襖を開けた。

「あっ」

我知らず伴斎は声を漏らしていた。饅頭の包みが敷居際にぽとりと落ちる。

「あんたは」

「やあ」

にこにこと笑って男が手を振る。ただ、その笑顔がどこかぎこちないことに伴斎は気づいた。緊張しているにちがいない。

「どうしてここに」

目の前に座っているのは、たったいま殺すことに決めたばかりのギヤマンの職人である。名を善八《ぜんぱち》といった。

「代をいただきに来たんですよ」

「ギヤマンの代なら、払ったはずだ」

「ちがいますよ」

ふふ、と善八が薄く笑った。

「この口が勝手にしゃべらないようにする代ですよ」

「どういう意味だ」

正直、この男がなにをいいたいか、わからない。ただし、いい用事で来たわけではないのは、はっきりしている。

「実はですね」

気を惹《ひ》くようにいって、善八がまた笑う。

「今日、あっしの仕事場に町方の役人が見えたんですよ」

なんだと、と伴斎は思った。

「それで」

あくまでも冷静にきいた。

「大黒が万歳しているという彫り物があるギヤマンのさじの根付をつくったことはないか、ってきかれたんです」

「それで」

「あっしは、ないって答えました」

「なぜ正直にいわなかった」

「金にならないからですよ。ここに来れば、まとまった金になるんじゃないかって思いましてね」

伴斎は善八をにらみつけた。

「お役人の話だと、火事で焼け死んだ人がギヤマンのさじを口に含んでいたそうですよ。ギヤマンのさじの持ち主こそが殺しの下手人だろうということで、それを裏づけるために、お役人たちは手分けして、ギヤマンの職人をすべて当たっているそうです。伴斎先生、五十両で手を打ちますよ」

「そんな金があると思うか」

「なければつくってください。この診療所は伴斎先生の持ち物でしょう。売りに出せば、五十両くらいにはなるんじゃないですか」

「売るにしてもすぐには売れんぞ」

「売れるまで待ちますよ。あっしはね、ギヤマンをつくるのに、もう飽《あ》いちまったんですよ。ここらでまとまった金を手に入れて、ギヤマンとはおさらばしたいんです」

「五十両なんて、使ってしまえばすぐになくなってしまうぞ」

「そういうものでしょうね。なくなったらなくなったでそのとき考えますよ。またギヤマンづくりに戻れば、なんとか暮らせるでしょう」

「金ができたらどうすればいい」

「うちに持ってきてもらえますか」

「そうしよう」

「すみませんね、先生。でも、こんな男にギヤマンの根付を頼んじまった先生も悪いんですぜ」

立ち上がった善八が、伴斎の横を通り過ぎようとする。

一瞬、殺してやろうか、と伴斎は目を鋭くさせたが、今は刃物を持っていない。絞め殺すことなど、とてもできない。力は善八のほうがずっと強いだろう。

「おっと先生、妙なことを考えちゃあ、いけませんぜ」

「わかっている。なにもせんよ」

「それが賢明ですぜ。じゃあ、先生、あっしはこれで失礼しますよ。つなぎを待っていますからね。それまではなにもしゃべりませんから、安心してくだせえ」

ぴょこんと頭を下げて、善八が土間の草履を履く。伴斎に笑いかけて外に出ていった。

なんてこった。

伴斎はへたり込んだ。

いや、とすぐに思い直し、ぎらりと瞳を光らせた。

同じだ。

どうせ殺すつもりでいたのだ。

やつの家は知っている。今夜、忍び込み、始末してしまおう。

九つ（午前零時）の鐘を合図に、伴斎は半人庵を出た。

雨が降っている。激しいというほどではないが、地面にはすでにかなりの水たまりができている。水たまりは周囲の明かりを集めているのか、鈍い光を放っている。

雨に降られるのはいやだが、今夜に関してはちょうどよい、と伴斎は思った。

雨が気配を消してくれる。

蓑《みの》を着込み、笠をかぶって伴斎は歩き出した。すでに提灯をつけている。

善八の家は車坂《くるまざか》町にある。上野寛永寺の東側の町だ。

町木戸を次々に抜けてゆく。雨脚に変わりはない。伴斎は車坂町にやってきた。蓑はぐっしょりと濡れ、体に水がしみこみはじめている。

うまくやれるだろうか。

やるしかない。しっかりしろ。

伴斎は自らを叱咤《しった》した。

一軒の家の前に立った。

やつはここにいる。この家に住んでいる。

若いのに、生意気にも一軒家で暮らしているのだ。

ギヤマンはそれだけ高価ということなのだ。儲かるのである。

ギヤマンのさじにも、俺は相当の金を支払った。それにもかかわらず、この俺を脅してくるとは。

善八め、許さん。

五十両だと。あるはずがない。もはやすっからかんといってよいのだ。

一応、最後の二十両はあるが、あれはこれから暮らしてゆくための費《つい》えだ。それに、薬だって買わなければならない。

洞軒があの世に逝《い》って、これから仕事が忙しくなるはずなのだ。

なぜ俺は洞軒を憎んでいたのか。

あれだけかわいがり、面倒を見てやったのに、ないがしろにされたからだと思っていたが、ちがった。

洞軒の腕に対する嫉妬に過ぎなかった。

あいつのほうが、自分よりはるかに腕がよかった。いくら診療所が遠かろうと、患者たちがこぞって洞軒のもとに行くわけだ。洞軒なら、俺とは異なり、病を治してくれるのだ。

腕のちがいを、俺はただ認めたくなかったにすぎない。弟弟子より腕が劣っているなどと、考えたくなかった。

しかし、洞軒が死んでからは、自分のことを、まるで他人を見るごとく冷静に観察することができるようになった。

俺には腕がなかった。もちろん厳しい修業をした以上、まったくないわけではないが、洞軒ほどではなかった。

これからは一所懸命に学問をして、洞軒に負けない腕にならなければならない。そうすれば、必ず患者は戻ってくる。

それがわかっただけでも、洞軒を殺した甲斐があったというものだ。

しっかりとした医者としての暮らしのために、なんとしても善八を殺さなければならない。善八に新しい暮らしを邪魔させるわけにはいかないのだ。

雨は降り続いている。空は真っ黒である。分厚い雲がとぐろを巻いているかのようだ。

提灯を消し、伴斎は目の前の枝折戸を押した。素早く軒下に入り、笠を取る。笠から水滴がしたたった。蓑も脱ぎ、地面にそっと置いた。

姿勢を低くして、伴斎は耳を澄ませた。家の中は静かだ。枕を高くして、やつは熟睡しているのだろう。

懐から匕首を鞘ごと取り出し、伴斎は引き抜いた。真っ暗にもかかわらず、ぎらりと抜き身が光を帯びたように見えた。血の味を覚えた匕首が、新たな血を欲して身をよじっているように感じた。

伴斎は、雨戸の下に匕首をねじ込んだ。ぐいっと力を込めると、雨戸がかしぎ、たやすく外れた。それを隣の雨戸に立てかける。

これでよし。

にやりとして、伴斎は目の前の廊下に上がり込んだ。

やつはどこで眠っているのか。

家は大して広くない。せいぜい三部屋程度だろう。

台所の横にあるのが仕事場、その隣が居間、最後の一つが寝間にちがいない。

雨が屋根をしきりに叩いている。そんな中、伴斎の耳はいびきをとらえた。

こっちだ。

廊下を進んで、腰高障子の前に来た。いびきは腰高障子の向こうから聞こえてくる。

細心の注意を払って腰高障子を横に引いた。祈るような気持ちだったが、体が入るほどの隙間を開けるあいだ、音はまったく立たなかった。いびきの調子に変わりはない。

暗い中、搔巻を着た男が横向きに寝ているのが知れた。顔は向こう側を向いている。

善八め。

熟睡しているのが、憎たらしい。

敷居を越え、伴斎は畳の上に立った。ためらってなどいられない。匕首をかざし、一気に落としていった。

体に突き刺さる。

そのはずだったが、匕首は敷き布団を貫いたに過ぎない。

なにっ。

一瞬の差で、横たわっていた体がそこから消え失せたのだ。

善八が寝返りを打ったのだ、と伴斎は勘ちがいした。なんと命冥加《いのちみようが》な男か。

だが、そうではなかった。善八は立ち上がってこちらを見下ろしていたのだ。

いや、そこに立っているのは善八ではない。

別人だ。

布団から匕首を引き抜いて、伴斎はさっと後ろにはね飛んだ。眼前の人影を見つめる。

「おとなしくしな」

目の前の影が低い声でいった。その声に伴斎は聞き覚えがあった。

「町方か」

「そうだよ。おいらだよ、わかるかい」

町方役人が憎々しげに顔を突き出してきた。ずいぶんと若い。定廻り同心の樺山富士太郎だ。

「罠だったのか」

血の出るほど、伴斎は唇を嚙んだ。こんな見え見えの計略にはめられるなど、あまりに悔しくて涙が出そうだ。

やはり、まだまだ平静ではなかったのである。まわりがまったく見えていなかった。いつもの心持ちであったなら、診療所に善八が来たとき、罠であると見破ったはずだ。

「そうだよ、おいらが仕掛けたんだよ」

富士太郎が勝ち誇ったようにいった。

「おまえさんには殺しの証拠がまったくなかったからね。来てもらったんだ」

おびき出された、この俺が。くそう。

「殺してやるっ」

叫びざま伴斎は突進した。匕首を掲げ、距離を詰めた。

富士太郎は固まったように動かない。

「死ねっ」

躊躇《ちゅうちょ》なく匕首を振り下ろした。

だが、匕首は空《くう》を切った。

富士太郎の姿がない。消えた。

どこだ。

首を回そうとしたが、がつ、という音を伴斎は聞いた。直後、頭に激痛が走り、目に火花が散った。

びしり、と手に痛みを覚えた。匕首が畳に力なく落ちてゆく。

膝ががくがくと揺れて、布団が勝手に近づいてきた。伴斎はどたりと布団の上に倒れ込んだ。

「おとなしくしな」

富士太郎の声が頭上から聞こえ、体をごろりと回された。

伴斎の手は、畳に転がっているはずの匕首を探した。

「往生際の悪いやつだね。おまえのほしい物はここにあるよ」

富士太郎が匕首をかざしてみせた。

「あっ」

頭を上げ、手を伸ばして、伴斎は匕首を奪い取ろうと試みた。

「馬鹿めっ」

その前に富士太郎が匕首をひょいと放り投げた。次の瞬間、がつ、と音がし、今度は頰にひどい痛みを感じた。うう、とうなって伴斎は布団に頭を預けた。

頭ががんがんする。きっと十手で二度も殴られたせいだ。

同心というのは、まったくひどいことをするものだ。

手加減というのを知らない。

三

詰所の出入り口に人影が立った。

「富士太郎」

控えめな声を発し、人影が手招く。

「今まいります」

書類仕事をしていた富士太郎は立ち上がり、人影に歩み寄った。

そこにいるのは志村浜右衛門《しむらはまえもん》という者だ。吟味役の同心である。

「伴斎が吐きましたか」

「うむ、すべて吐いた。富士太郎が捕らえたのち、夜っぴて詮議した甲斐があったというものよ」

「よかった」

富士太郎は胸をなで下ろした。

「やつが殺したのは、甲之助、喜代助、洞軒、それに岐助だ」

「岐助さんとは誰です」

「ああ、富士太郎は知らぬか。日本橋坂本町の呉服屋のあるじだ」

「伴斎は、なにゆえ呉服屋のあるじを殺さねばならなかったのですか」

「やつがいうには、顔を見られたかららしい」

「伴斎が、岐助さんを殺したのはいつのことです」

「今月の二日だ」

「二日。さようですか……」

眉根を寄せて富士太郎は考え込んだ。

「顔を見られたのは、洞軒先生の殺しのときですか」

「うむ、伴斎はそういっている」

浜右衛門が笑みを浮かべた。

「富士太郎が伴斎を捕らえたおかげで岐助殺しも解決した。お手柄だぞ。御奉行から金一封が出るかもしれぬぞ」

「はあ」

「ただし、一つ気がかりがある」

表情に翳《かげ》を落として浜右衛門がいった。

「なんでしょう」

「岐助は船越屋という呉服屋の主人だったのだが、その供に与野造という手代がいた。その与野造も、伴斎は殺そうとしていたらしい」

「与野造さん……」

「ただし、その与野造は行方が知れぬ。自分ではどうにもならぬと伴斎は考え、人を雇って殺してもらうことにしたそうだ」

「えっ、そうなのですか」

「問題は、伴斎がすでに捕らえられたことを、依頼を受けた者が知らぬのではないか、ということだ」

「つまり、殺しをもっぱらにする者は、まだ与野造さんを狙っているということですね」

「そうだ。その旨を船越屋には知らせるつもりではおるのだが、いまだに与野造の行方はわかっておらぬようだ。ただし、実は与野造はすでに船越屋にいるのではないか、と思える節《ふし》もあるとのことだ。一時、与野造はあるじ殺しの下手人と目されて、我が町奉行所の者に追われていたからな。船越屋としては与野造の無実をはなから信じており、かくまっているのかもしれぬ」

「はあ、そういうことですか」

「それでおまえの出番だ」

「えっ、どういうことですか」

「おまえは人たらしのところがあるし、実際に岐助を手にかけた伴斎を捕らえた男だ。おまえの言ならば、船越屋の者も聞くのではないか」

富士太郎はあっけにとられた。

「そんなにうまくゆくでしょうか」

首をひねって富士太郎は疑問を呈した。

「富士太郎、頼む、うまく謝ってきてくれ」

「えっ、謝るのですか」

「それはそうだろう。謝ったほうが話は早かろう。よいか、富士太郎。これも伴斎を捕らえた男がすべき後始末よ。頼んだぞ」

浜右衛門が富士太郎の肩をぽんぽんと叩き、あっさりと詰所を出ていった。

「どうしておいらが……」

取り残された形の富士太郎はぼやいた。しかし、見習い以外で最も歳下は自分である。先輩にいわれたら、行くしかない。

「ちょっと出てまいります」

同僚の同心に告げて、富士太郎は詰所をあとにした。

まだ朝は早い。昇ったばかりの朝日が東の空でつややかに輝いている。光が斜めに射し込み、町奉行所の大門の下を明るく照らしていた。

富士太郎は大門をくぐり抜けた。富士太郎を認めて、珠吉が寄ってきた。

「旦那、おはようございます」

「おはよう。珠吉、待たせたね」

「いえ、そんなのはいいんですけど、旦那、大丈夫ですかい」

気がかりの色を浮かべた面を、珠吉が向けてきた。

「もちろん大丈夫だよ」

「眠くはありませんかい」

「ほとんど徹夜したけれど、不思議と眠気はないね。珠吉はどうだい」

「あっしも眠くはありませんや。しかし、旦那、昨夜は肝を冷やしやしたぜ」

「なんのことだい」

「もちろん旦那のこってすよ」

首を振り振り珠吉がいった。

「伴斎が、布団の上にいた旦那に向かって匕首を突き刺そうとしたときですよ。あのとき、旦那はぎりぎりで起き上がりましたよね」

いわれて富士太郎は首をひねった。

「おいらにはぎりぎりという感じはなかったよ。十分に余裕を持ってかわしたつもりだったけど、珠吉にはそうは見えなかったんだね」

「ええ、ええ、見えませんでしたよ。一瞬、殺《や》られちまった、と思ったくらいでしたから」

「それだけ際どかったのなら、伴斎も同じ思いだっただろうね」

「それはそうでしょうけど、次にもし同じようなことがあったときは、もう少し早く動いてくださいね。心の臓に悪い」

「わかった。次は必ずそうするよ」

ほっとしたように珠吉が息をつく。

「それで旦那、今日は縄張の見回りでいいんですかい」

「うん、そうだよ。ただし、その前に日本橋の坂本町に寄っていくよ」

「なにかあるんですかい」

どういうことなのか、富士太郎は珠吉に説明した。

「船越屋に謝りに行くんですかい。まあ、旦那なら、波風を立てずにうまくことをおさめてくれると番所内の誰もが思っているんでしょうね」

「あまり気の進まない役目だよ」

「でも旦那、若いうちにそういう役目をしていると、将来、必ずいいことがあるんですよ」

「いいことかい。そういうものかね」

「そういうものですよ。人生なんてものは、釣り合いですからね。いいことがあれば、悪いこともある。いま気の進まないことをしておけば、必ずあとでいいことが降りかかってくるようにできているんですよ」

「そういうものかね」

「そういうものですよ。しかし伴斎は与野造さんという人を殺すのに人を雇うんだったら、洞軒先生も依頼したほうがよかったんじゃないんですかい。そうすれば、喜代助さんや甲之助さんを殺す必要はなかった。家を建て直す費えもかからなかったでしょう」

「そうだねえ、珠吉のいう通りだね。人を頼んでいたら、洞軒先生は犠牲になっていたけど、他の人たちは今もなにごともなく暮らしていたかもしれないんだねえ」

伴斎という男は、と珠吉がいった。

「なんとしても、洞軒先生だけは自分の手で殺したかったのかもしれませんね」

「それだけうらみが深かったということかな」

その後、無言で二人は歩き続けた。

といっても、町奉行所から坂本町はすぐ近くである。無言のときはあっさりと終わりを告げた。

「ここですね」

頭上に掲げられた扁額を見て、珠吉がいう。

「よし、入ろうか」

風にゆったりと揺れる暖簾を、富士太郎は静かに払った。

四

与野造っ。

思い切り叫んで、おれいが走り寄ってきた。そのままの勢いで与野造に抱きつく。

気の強い娘とはいえ、これには直之進は面食らった。

おりきにそれとなくきいてみると、おれいと与野造は許嫁の間柄ということだった。つまり、与野造は船越屋の跡継に決められた男だったのである。

それだけ岐助が人柄に惚れ込んでいたのだろうが、おれいもどうやら与野造にぞっこんの様子だ。

与野造に抱きついたおれいは貼りついたように離れず、涙を流し続けていた。

与野造もおれいの背中を優しくさすって泣いていた。

その二人を見て、まだ許嫁の仲とはいえ、夫婦というのはよいものだな、と直之進は改めて思ったものだ。早くおきくと一緒になりたい、と強く感じた。

おれいと与野造がかたく抱き合ったのは、一昨日のことだ。与野造を無事に船越屋に連れ帰ったときに、直之進の目の前で繰り広げられた光景である。

おきくとの祝言はあと二日に迫った。

いよいよだ。

胸が高ぶる。

あとたった二日で、俺はおきくと晴れて夫婦になるのだ。

待ち遠しい。

だが、その前になんとしても与野造を守り切らねばならない。

与野造は隣の部屋にいる。もうでき上がっているが、婚礼衣装の最後の仕上げをしているのだ。

なにやらぶつぶつつぶやいているのが、襖越しに聞こえてくる。

あのつぶやきが耳に届いているあいだは、与野造の身にはなにも起きていないということだ。

仮に例の北杜数馬がこの店に乱入したとしても、俺がこの部屋にいる限り、与野造にはかすり傷一つ負わせはしない。守り切るのだ。北杜数馬と戦うことで、この俺がもし倒れても、与野造の命は必ず守る。おきくとの祝言が間近に迫っているからといって、命を捨てる覚悟に変わりはない。直之進はそういう心構えでいる。

もし俺が死んだら、おきくは悲しむだろうな。死にたくはないが、北杜数馬は容易ならぬ相手だ。勝負はどう転ぶかわからない。

廊下から足音が聞こえた。足音の主はおりきだろう。歩き方でわかる。

「湯瀬さま」

襖越しにおりきが呼びかけてきた。

「お客さまです」

おりきが遠慮がちに襖を開けた。

「客だと。誰かな」

直之進に心当たりはない。

「樺山さまという町方の同心でいらっしゃいます」

「富士太郎さんが」

「お知り合いでございますか」

「うむ、親しくさせてもらっている。だが、なにゆえ富士太郎さんはここに俺がいるのを知ったのかな」

「それがなんでも、直之進さんのにおいがするっておっしゃったそうで」

「俺のにおいだって」

「はい、どうも犬のように鼻が利くお方なのではございませんか」

「鼻がいいとは聞いていたが、まさかそこまでとは」

「お通ししますか」

「そうしてくれるか」

「では、ただいま」

襖を閉めておりきが去った。

すぐに足音が戻ってきて、襖が開いた。

「ほらね」

直之進の目の前に、富士太郎の自慢げな顔がある。

「珠吉、おいらのいった通りだろ。直之進さんだよ」

「旦那はすごい……」

絶句し、珠吉は言葉が続かない。

「まあ、二人とも座ってくれ」

「では失礼します」

明るくいって富士太郎が正座する。斜め後ろに珠吉が控えた。

富士太郎が珠吉を振り返る。

「珠吉、早速いいことがあったよ」

「さいですね。湯瀬さまに会えるなんて、この上なくうれしいですね」

「ところで、二人はどうしてここに来たんだ」

直之進が問うと、富士太郎がどういうことなのか、手短に話した。

「えっ、岐助どのを殺した下手人が捕縛されたのか」

直之進は目をみはった。

「ええ、伴斎という医者です」

「医者がどうして岐助どのを手にかけた」

そのわけも富士太郎が説明した。

「そうか。その伴斎という医者は、岐助どのと与野造の二人に顔を見られたと考えたのか」

「三月二日になろうという深夜、洞軒先生の診療所からひそかに出たときのことです」

「とにかく、下手人が捕まってよかった」

「直之進さん」

口調を改めて、富士太郎が呼んだ。

「伴斎が与野造さんを亡き者にするために、殺しを生業とする者に仕事を依頼したことをご存じですか」

「ああ、知っている。その者には一度、襲われたゆえ」

「えっ、そうなのですか」

富士太郎が目をまん丸にする。珠吉も声を失っている。

「すごい遣い手だった。名は北杜数馬という。それが本名かどうかわからぬが」

「名までわかっているのですか。北杜数馬」

思い当たるものがないか、頭を探ったようで、富士太郎が名を声に出した。珠吉も首をかしげているが、引っかかった者はいないようだ。

あの、と隣の間から声がした。

「どうした、与野造さん」

立ち上がり、直之進は襖を開けた。敷居際に与野造が座っている。

「旦那さまを手にかけた下手人が捕まったというのは、本当ですか」

「本当だろう」

「ああ、よかった」

大きく息を吐き出し、与野造が安堵の表情を見せる。

「あの、それがしは樺山といいます。与野造さんは、本当に洞軒先生が殺された晩、伴斎の顔を見たのですか」

「それは、音羽町での出来事ですね。あのとき、人がひそんでいるような気配は感じましたが、それが誰かなど、わかりませんでした。旦那さまも人がいることはわかったようですが、立ち小便でもしているのだろう、とさして気にも留めませんでした」

「深夜に、なにゆえ与野造さんと岐助さんは歩いていたのですか」

「あのときは音羽町七丁目の隠れ家にいて夜なべ仕事にいそしんでいたのですが、小腹が空いたために、旦那さまと二人で夜鳴き蕎麦を食べに出たのです」

「そういうことでしたか」

すぐに新たな問いを富士太郎が発する。

「与野造さんは、伴斎のことを知っていたのですか」

「はい、知っていました。旦那さまともども、伴斎さんのお師匠さんの診療所に行ったことがあります」

「なるほど、そういうことでしたか」

富士太郎の目が、与野造の部屋に飾られている婚礼衣装に向けられた。珠吉も驚いたような顔で見つめている。

「あの、そのきれいな着物はなんですか」

「これですか」

誇らしげな顔で与野造が語った。

「土佐山内家の姫君の婚礼衣装ですか」

うっとりとした顔で富士太郎がいう。

「豪華であるのも、当たり前ですね」

「まだ決まったわけではありませんが」

「ああ、そうか。これから他のお店と張り合うことになるのですね。お披露目はいつなのですか」

「明日です」

それを聞いた富士太郎の顔に不安げな色が浮いた。

「では明日、与野造さんは土佐山内家の上屋敷に行くのですね」

「ええ、そういうことになります」

「でも、北杜数馬という男が必ず襲ってきますよ。まだ伴斎が番所に捕まったことを知らないはずですから」

富士太郎の目が直之進に向けられた。

「直之進さんは、明後日《あさって》おきくちゃんとの祝言ですね。大事な身です。与野造さんの警護は町方が受け持ちますよ」

「えっ、祝言。そうなのですか」

信じられないというように、与野造がぽかんとして直之進を見ている。

「うむ、実はそうなのだ」

与野造に向かって直之進はいった。

「直之進さん、町方が与野造さんの警護を受け持つということでよろしいですね」

「いや、そういうわけにいかぬ」

直之進はきっぱりと首を横に振った。

「でも、与野造さんのまわりにそれがしたちがいることを知れば、伴斎が捕まったことを北杜数馬も知るはずです。そうなれば、襲撃などやめるのではありませんか」

「いや、あの男はきっと襲ってくる。一度受けた仕事は、依頼者が取り消さぬ限り、どんな仕儀になったとしても必ずやり通すにちがいない。北杜数馬は、そういう男だと見て、まずまちがいない」

仮に与野造を殺す気をなくしたとしても、と直之進は思った。北杜数馬はきっと俺との戦いを望むに決まっている。

決着をつけたくてうずうずしているのではあるまいか。

富士太郎さん、と直之進は呼びかけた。

「こんないい方はしたくないが、町方の者ではとても与野造どのを守れまい」

「えっ、そうなのですか」

「どんなに守りを固くしたところで、やつは突破してこよう。だから、与野造どのは俺が守るしかないのだ」

「それがしたちでは、守り切れないのか」

無念そうに富士太郎がつぶやく。

「では、それがしたちは帰ります」

しばらく考え込んでいた富士太郎がいった。

「そうか。見送れぬが、富士太郎さん、珠吉、気をつけて帰ってくれ」

「帰るといっても、これから縄張内の見回りですよ」

「それは大変だな」

「いつものことですから。でも直之進さん、本当にそれがしたちが警護をせずともよろしいのですか」

「ああ、いらぬ」

町奉行所の者に犠牲が出るのが、直之進はなによりも怖い。下手をすると、富士太郎だって危ないのだ。

直之進のことを祝言間近というが、富士太郎にも智代というすばらしい許嫁がいる。直之進が祝言を挙げたら、富士太郎もすぐ続く気でいるのではあるまいか。

そんな男を死なせるわけにはいかない。

富士太郎と珠吉が船越屋を出ていった四半刻後、直之進に新たな客があった。おりきによれば、米田屋、とその客は名乗ったそうだ。

「大事な友垣《ともがき》だ。通してくれるか」

「友垣でいらっしゃいますか。承知いたしました」

うなずいて、おりきが去っていった。

廊下に立って直之進が見ていると、ずんぐりとした体軀《たいく》の男がおりきとともに近づいてきた。

「琢ノ介」

「おう、直之進」

琢ノ介は喜色満面だ。

「直之進、元気そうではないか」

「ここは食事がいいからな。それにしても琢ノ介、どうした、急に」

「いや、皆がおぬしのことを心配しているのだ。特におきくと舅《しゅうと》どのだ」

部屋に入った直之進と琢ノ介は向かい合って正座した。お茶をお持ちします、といっておりきが廊下を歩いてゆく。

「舅どのの具合はどうだ」

まず光右衛門の様子を直之進はきいた。

「うむ、まずまずだ。今のところは急変しそうな感じはないな」

「そうか、それはよかった」

「それで直之進、この仕事はいつまでだ。明後日は祝言だぞ」

「出られると思うのだが」

「なんとも心許《こころもと》ない物言いよな」

「済まぬ」

「別に謝らずともよいのだが、祝言の席に婿がいないのでは、しゃれにもならぬ」

膝を崩し、琢ノ介が体を乗り出す。

「直之進、いったいどういう状況なのだ。ちとわしに聞かせろ」

わかった、といって直之進は話した。

「ふむ、北杜数馬か。名からして、遣えそうなやつだ」

ふう、と琢ノ介が盛大なため息をつく。

「俺が代わってやれたら、いいのだがな。俺の腕ではまず勝てまい」

「おぬしはもう口入屋だ。用心棒の真似事など、せずともよい」

「ならば、倉田佐之助はどうだ。あの男に頼めば、きっと助力してくれるぞ」

「倉田ならば、必ず力は貸してくれるだろうな」

「なんだ、直之進、乗り気じゃないな」

「うむ。倉田はようやく傷が治ったばかりだ。本復《ほんぷく》したとはいっているが、まだ本調子ではなかろう。もしまた傷を負わせたら、と思うと、助力を頼む気になれん。傷だけで済めばまだしも、もし命を失うことになったら、千勢どのやお咲希ちゃんに顔向けできぬ」

「そこまで強い相手なのか」

うなり声を上げて、琢ノ介が腕組みをする。

「その北杜数馬はどのような剣を遣うのだ」

うむ、と顎を引き、直之進は語った。

「刀をつかむだと」

聞き終えて、またも琢ノ介がうなった。

「北杜数馬の弓手《ゆんで》は、いったいどうなっているのだ」

「わからぬ。鉄でも仕込んであるのかもしれぬな」

「刀を指でつかむのだろう。なにか細工でもないと、できぬ」

「だが、見た限りではまったくふつうの指でしかない」

「鍛えればなんとかなるということでも、なかろうに」

「しかし、なにか細工があるのは紛れもなかろう。それを見破れば、必ず勝てる」

「うむ、直之進、期待しておるぞ。おぬしなら、必ず勝てる。わしが太鼓判を押す」

ふふ、と直之進は笑った。

「なんだ、なにを笑う」

「友垣というのはよいものだと心から思ったのだ。力が抜けた。もちろんよい意味でだ。おぬしのおかげで、本当に勝てる気になってきた」

「それはよかった」

たっぷりとした肉づきの顔を、琢ノ介がほころばせる。

「琢ノ介、おぬし、また肥《こ》えたようだな」

「えっ、そ、そうか」

「それだけ幸せということだろう」

うむ、と琢ノ介が満足げにうなずいた。

「わしは今とても幸せだ」

「それは重畳。ところで、おきくはどうしている」

いま最も気にかかっていることを直之進はきいた。

「むろん息災にしておるが、おぬしに会えぬせいで、ちと元気がないかな」

「そうか」

「そんなに暗い顔をせずともよい。おきくはおぬしを信じておる。必ず祝言の席に来てくれるとな」

「当たり前だ」

「それでよい。おい、直之進」

わずかに口調を改めて、琢ノ介が顔を寄せてきた。

「実は、できたかもしれぬ」

「できたとは」

「できたといえば一つだろう」

むむう、と直之進の口から妙な声が出た。

「ま、まことか」

「まだはっきりとはわからんが、おあきがそうかもしれません、といいおった」

「おあきどのが、そうか」

「祥吉《しょうきち》のときと同じだそうだ」

「ならば、まちがいないのではないか」

「わしはそう願っておる」

「でかしたな、琢ノ介」

直之進の口元から自然に笑みがこぼれた。

「でかしたのはおあきだが、わしもついに父親かと思うと、感慨深いものがある」

「よかったな、琢ノ介」

心の底から直之進は喜びをあらわにした。

「琢ノ介、おぬしの子をこの手で抱くまでは、死ぬわけにはいかんな」

「それをいうなら、おきくとの子であろう」

「うむ。ところでこの話、光右衛門どのには伝えたのか」

「いや、これからだ」

「馬鹿者っ」

膝立ちになり、直之進は怒鳴りつけた。

「なぜ怒る」

困惑したような顔で琢ノ介がいう。

「そんな大事なことをなにゆえ舅どのに一番に伝えぬ」

「やっぱり一番に伝えるべきだったか」

「当たり前だ。それを聞いたら、光右衛門どのの病も一気によくなるかもしれぬではないか」

「ああ、そうだなあ」

「まったく気の利かぬ男だ」

　まあまあ、という女の声が横からした。おりきが、二つの湯飲みがのった盆を持って入ってきた。

「どうぞ」

　直之進と琢ノ介の前に、湯飲みを手際よく置く。

「湯瀬さま、米田屋さんのお気持ちはうれしいではありませんか。お子ができたことをまず一番の友垣に伝えようとされたのですから」

「そうはいってもな」

「湯瀬さま、ここは素直に喜んであげるのが一番でございますよ」

「もちろん、俺はうれしくてならぬのだがな」

「それでよいのでございますよ。舅さまも米田屋さんがじかに伝えれば、きっと湯瀬さまに劣らないほどお喜びになりましょう」

　茶を喫してから、琢ノ介は帰っていった。

　そうか、琢ノ介に子ができたか。

直之進は幸福な気分に包まれた。

俺にもいつかできるのだろうか。

おきくとのあいだに子ができれば、本当に光右衛門の病はよくなるのではないか。

考えれば考えるほど、直之進はそんな気がしてならない。

三月九日、昼の四つ（十時）。

いよいよ明日。

直之進はおきくとの祝言のことを考えた。

行けるのだろうか。

行かねばならぬ。

だが、与野造の警護をほっぽり出して行くわけにはいかない。

となると、一刻も早く北杜数馬との決着をつけなければならない。

だが、ときを選べるのは北杜数馬のほうだ。じりじりするが、直之進が苛立ったところでどうすることもできない。

「では湯瀬さま、まいりましょう」

婚礼衣装が入った箱を手に、与野造が声をかけてきた。

与野造の顔を、直之進はじっと見た。落ち着いている。命を凄腕の者に狙われているようには見えない。

「よいのか」

「もちろんでございます」

「婚礼衣装の競りは、昼九つからであったな」

「さようでございます。今から出れば、山内さまのお屋敷には半刻ほど前に着きましょう」

「十分すぎるほどの余裕を見ているのだな」

「そういうことにございます」

直之進と与野造、おりき、おれい、そして二人の番頭という一行は船越屋を出た。

この道行きに、北杜数馬は必ず襲ってくるにちがいない。緊張のせいで、直之進は喉が渇いてならない。

日本橋坂本町から山内家の上屋敷がある鍛冶橋《かじばし》までは目と鼻の先とまではいかないが、かなり近い。それだけの距離に過ぎないが、やはり気が気でない。守る側は、とにかく疲れる。疲労を強いられるのだ。

だが、結局なにごともなく、直之進たちは山内家の上屋敷に到着した。汗が体の至るところから噴き出ている。与野造も汗だくになっている。

山内家の上屋敷内まで襲ってくるようなことはさすがにあるまい。もしそんなことになれば、本当に意表を突かれたことになるが、いくら凄腕でも、そこまではできぬのではないか。

他の三店の者も、すでに上屋敷にやってきているようだ。それぞれ控えの間を与えられている。

昼を告げる九つの鐘が聞こえてきた。

「いでませい」

そんな声が響き、直之進たちは控えの間を出た。与野造が大事そうに婚礼衣装の箱を押し戴いている。

小姓らしい侍のあとをついてゆくと、大広間に出た。さすがとしかいいようがない広さに圧倒される。優に百畳ほどはありそうな広間である。

「そちらに衣装をかけられよ」

侍が指さした先に、衣桁《いこう》が置いてある。

他の三店の衣桁も少し離れた場所に置かれているが、様子見をしているのか、婚礼衣装をかけた店はまだない。

魂兵衛ら勢井屋の者たちは、直之進たちから最も離れた場所にいる。油断のならない目でこちらをじっと見ていた。

勢井屋も含め、他の店の者たちは多人数で来ている。いずれも十人以上で、力が入っていることを感じさせる。

六人という船越屋はかなり少ない人数だが、勝負は数ではないからな、と直之進は強気に思っている。

「では、早速かけましょう」

こともなげに与野造がいい、箱から婚礼衣装を取り出す。それを力むことなく衣桁にそっとかけた。

「おう」

「これは」

隣にいる店の者から嘆声が漏れる。おそらく天野屋ではないか、と直之進は思った。

天野屋の者たちも衣桁に婚礼衣装をかけた。

すばらしい出来だが、与野造の仕上げた打掛《うちかけ》に比べたら、ややくすんだ感じは否めない。競りの相手が天野屋だけなら、まちがいなく船越屋の勝ちだろう。

天野屋の隣にいる楽田屋の者たちも婚礼衣装を衣桁に飾った。

これもすごい出来映えといっていいだろうが、与野造の仕上げたものよりは、若干落ちる気がする。

あとは勢井屋だ。

顔を向け、直之進は注目した。

すでに魂兵衛たちは打掛を箱から出し、衣桁にかける準備をはじめていた。

やがて魂兵衛自身が前に出て、番頭らしい二人とともに、愛《め》でるような目つきで衣桁に静かにかけた。

「おう、すばらしい」

「す、すごい」

「なんて豪華な」

「これは眼福だ」

天野屋と楽田屋の者たちの口から、次々に賛辞が発せられる。

「あの人たち、勢井屋からお金でももらっているんじゃないの」

おれいが小声で毒づく。

「なるほど、雰囲気づくりということか」

「そうよ。でも、あの程度の打掛では、与野造の勝ちよ」

だが、おれい自身、いうほどには自信があるわけでないのは、瞳がかすかに揺れていることからわかる。

一騎打ちだな。

勢井屋の打掛を眺めつつ、直之進は確信した。だが、勢井屋にあれだけの技があるのなら、なにも妨害などという姑息な真似をせずともよかったのではないか。

渾身の力を注ぎ込み、心を込めて婚礼衣装をつくり上げ、正々堂々と勝負に臨めば、そうたやすく負けることもなかろう。その点が直之進には納得いかなかった。

やがて、お成りー、という声がして襖が開けられ、着飾った女たちの一行が広間にあらわれた。真ん中にいるのが、土佐山内家の姫だろう。

直之進たちは一斉に畳に手をついた。

ため息をついて四つの打掛を眺めはじめた姫たちの背後から、今度は老臣らしい者がぞろぞろとやってきた。この中に山内家の当主もいるのだろうか。いないはずがない。顔の細長い、三十半ばと思える人物がきっとそうだろう。殿は老臣を引き連れ、上機嫌に婚礼衣装を見つめている。顔を動かし、そばの老臣になにやら耳打ちをする。

それを聞いた老臣が何度もうなずいた。

四半刻ばかりのあいだ、土佐山内家の者たちはためつすがめつ、婚礼衣装を見比べていた。やがて三々五々、大広間の上座に着席しはじめた。

一番の上座に、姫と殿とが並んで座っている。にこにこと笑いながら、殿が姫に語りかけている。

姫の顔には迷いの色は見えない。もう決めているのだ。

ついに決着のときだ。

直之進は胸がどきどきしてきた。

おりきやおれい、与野造は固唾《かたず》をのんでいる。船越屋の者たちは、息をするのさえ忘れているのではないかと思える顔つきだ。自分もそうだろうか。

「申し渡す」

最も左に座っている老臣が声を張り上げた。

それからが長かった。老臣は、どの打掛が姫の気に入りとなったのか、失念してしまったのではないかと、直之進はいぶかしんだくらいだ。

「ふなこしや」

やがて、そんな声が直之進の耳を打った。今もしや船越屋といったのか、と直之進は老臣の顔を呆然と見つめた。

「やった」

喜びをじっくりと嚙み締めた声が、与野造の口から飛び出した。

「おっかさん」

「おれい」

船越屋の母娘はかたく抱き合った。二人とも嗚咽《おえつ》を漏らしている。場所が場所でなかったら、号泣していたのではあるまいか。

「やりましたね」

叫ぶようにいって、二人の番頭がおりきとおれいのそばににじり寄った。

「与野造、大手柄よ」

おりきから離れ、おれいが与野造に向き直った。両手を差し伸ばしたおれいが、人目もはばからずにぎゅっと与野造を抱き締めた。与野造のほうがびっくりしている。

それを見て眉をひそめることもなく、土佐山内家の者たちは、そろってほほえんでいる。

この勝利は偶然ではない、と直之進は思った。勢井屋が汚い手を使ったことが響いている。そのあさましい思いが、婚礼衣装の出来にわずかに影響を与えたのではあるまいか。

やはり天はしっかり見てくれている。俯仰《ふぎょう》天地に愧《は》じぬ生き方をしなければならぬ。

「おまえさま、やりましたよ」

優しく語りかけるようなおりきの声が、直之進の耳にふんわりと届いた。振り向くと、おりきが天井を見上げていた。涙がぽろぽろとしずくとなって、畳に落ちている。

おまえさま、というのが誰を指すのか、考えるまでもない。

おりきは、死んだ岐助の技を微塵《みじん》も疑っていなかったのだ。

「湯瀬さま、ありがとうございました」

直之進を見つめて、おりきが深々と頭を下げた。

「いや、俺はなにもしておらぬ」

「そのようなことはありません」

やんわりとおりきが首を振る。

「湯瀬さまがいらっしゃらなかったら、与野造はこうしてこちらに来ることはできなかったでしょう」

そうかもしれぬ、と直之進は思った。いつも謙遜《けんそん》ばかりしていてもよいことはない。自分にも、用心棒としての自負があるのだ。これだけは誰にも負けぬものである。

「私は信じていましたよ、あの人のことを。亡くなってしまっても、必ずなんとかしてくれるはず、とかたく信じていました。今回は与野造もこれ以上ないくらいがんばりましたけど、今日のことに限っては、手柄は主人のものだと思います」

「その通りだろう」

直之進は断言した。互いに信頼し合える夫婦は、と思った。なんとすばらしいものか。

俺もおきくとこういうふうになりたいものだ。いや、きっとなれる。

ならなければならぬ。

五

三月十日、祝言当日。

ついにこの日がやってきた。直之進の門出を祝ってくれているかのように、空は晴れ渡っている。

本当なら、直之進は祝言の支度をしたい。したくてならない。

だが、与野造のそばを離れるわけにはいかない。必ず北杜数馬は襲ってくるからだ。

だが、襲うとして、北杜数馬はどういう手立てを取るつもりなのだろうか。船越屋に忍び込む気なのか。それとも、忍び込むなど七面倒くさいことはせず、正面から堂々と乗り込んでくるのか。

昨日は、土佐山内家の上屋敷からの帰りも襲撃はなかった。

伴斎が町奉行所に捕まったことを知り、そのまま襲撃をあきらめてしまったということは考えられないだろうか。

いや、それはいくらなんでも甘過ぎよう。必ずやつは襲ってくる。

「湯瀬さま、外に出たいですね」

退屈しているようで、与野造がいう。

「気持ちはわかるが、今はあきらめてくれ」

「ええ、手前もそのことはよくわかっているのですよ。今のは、ただの愚痴です。忘れてください」

直之進は微笑を返した。

「もう店は混んできているのか」

「どうやらそのようです。お客さまが押し寄せてきているみたいですよ。噂が江戸を巡るのは本当に早いですね」

「江戸の者たちの早耳ぶりは、俺はいまだに信じられぬ。俺などいつも、噂話は最後に入ってくるたちだったからな」

「湯瀬さまがそうなのですか」

ふふ、と与野造が笑みを漏らした。

「なにがおかしい」

「確かに湯瀬さまは、早耳のようには見えないお方だなあ、と思ってしまったのです。失礼いたしました」

「いや、そいつは紛れもない事実だからな。失礼などということはない」

廊下を渡ってくる足音がした。おりきであろう。

「湯瀬さま、よろしゅうございますか」

「むろんだ」

音もなく襖が開き、おりきが顔を見せた。

「文が届きました」

「俺宛か」

「さようにございます。こちらでございます」

部屋に入ったおりきが正座して文を手渡してきた。

「誰からだ」

文を裏返して見たが、そこにはなにも書かれていない。

もしや、と直之進の胸が波立った。文の封を切り、直之進は目を落とした。

「むう」

「いかがされました」

膝行《しっこう》しておりきがきく。

「北杜数馬からだ」

「まことでございますか」

「うむ」

顎を引いた直之進はおりきに文を渡した。

「よろしゅうございますのか」

「是非とも読んでくれ」

うなずいて、おりきが文字を目で追いはじめた。

『与野造は殺さぬ。ただし、俺はおぬしとやり合いたくてならぬ。若い頃から道場での試合を含め、これまで数知れず戦ってきて、後れを取ったことは一度もなかった。

おぬしに敗れはしなかったものの、与野造を守り切られた。野次馬が邪魔したとはいえ、渾身の一撃をかわされたのは事実。

おぬしの堅陣《けんじん》を打ち破り、なんとしても勝ちたい。勝たなければならぬ。

そうでなければ、自分の気が済まぬ』

そんな意味のことが文には書かれており、末尾に、戦いの場所と時刻が明記してあった。

これは、とおりきの手にある文を見つめて直之進は思案した。俺をおびき出す手ではないのか。

この場所に俺を行かせて、がら空きの船越屋に押し入り、与野造を亡き者にする。

だが、あの自信満々の男がそんな手の込んだことをするとも思えない。

「湯瀬さま、どうされます」

文を読み終えたおりきが聞いてきた。

「行くつもりだ」

「まことですか」

「逃げても仕方がない。一度逃げれば、逃げ癖がつきそうだ。人生に偶然はない、と思っている。俺が北杜数馬という男に会ったのも、必然だろう。やり合うことが生まれたときより運命づけられていたのだ」

「湯瀬さま、勝てますか」

憂いの色を面に出し、おりきが問う。

「勝負はときの運だが、勝ちたいな」

「勝てますとも」

横から与野造が力強くいった。

「だって、今日は湯瀬さまの祝言の日ではありませんか。そんな晴れの日に負けるなんて、あり得ません。天はきっと湯瀬さまに力を貸してくださいます」

「俺もそう願う」

北杜数馬が指定してきた場所は、湯島の隣の神田明神近くの火除け地《ひよけち》である。おそらく、と直之進は考えた。まわりは商家の蔵や塀で囲まれ、勝負に専念できる場所なのではないか。

刻限は夕刻七つ（午後四時）。

早く勝負が終われば、六つ（午後六時）からはじまる祝言には悠々と間に合うだろう。

だが、長引いたときには、まず刻限通りに着くことはかなうまい。

もし勝負に敗れたら、永久に佳以富に着くことはない。

俺の霊魂だけが行くことになろうか。

思った通りの場所だ。

まだ七つ前だろうが、風はだいぶ冷たいものに変わっている。

まわりはすべて塀だ。商家の石造りの蔵がその向こうに三つ見えている。

子供の恰好の遊び場所だろうが、なにかを感じ取ったのか、今は子供の姿はない。

これならば、勝負に邪魔は入るまい。

背後から冷たい風が吹き込んできた。背筋にいやな汗が流れ、直之進は振り返った。

案の定、北杜数馬が立っていた。路地からやってきたわけではなかった。どうやら商家に入り込み、塀を乗り越えてきたようだ。

「よく来たな、湯瀬直之進。文が罠とは考えなかったか」

「少しは考えた。だが、おぬしはそのような手を使うまいと判断した」

「その通りよ。与野造のことなど、正直、どうでもよいのだ。俺はおぬしを倒したくてしようがない。おぬしのことを考えるたびに胴が震えるのだ。こんなことは初めてよ」

北杜数馬が近づいてきた。直之進と二間ばかりの距離を置いて足を止める。

「やるか」

「うむ」

腰を落とし、直之進は刀を引き抜いた。

「ふむ、やはりできるな。ほれぼれするぞ」

北杜数馬は右手だけで刀を抜いた。左手は後ろに隠した。

「左手にはなにか細工がしてあるのか」

興味が先に立ち、直之進はきかずにいられなかった。

「それは俺を倒したときに調べるがよかろう」

「ならば、そうさせてもらう」

にやりと北杜数馬が笑いを見せた。

「行くぞ」

右手だけで持ち上げられた刀が上段から落ちてきた。

直之進は後ろに下がってかわした。

今日の佩刀《はいとう》は、勘定奉行枝村伊左衛門《えだむらいざえもん》の家臣淀島登兵衛の右腕だった和四郎《わしろう》のものだ。

和四郎、俺に力を貸してくれ。

刀をつかまれるのを恐れ、攻撃しないのでは勝つことはできない。直之進は刀を胴に振っていった。

待ってましたとばかりに、左手が後ろから出てきて直之進の刀をつかもうとする。ぐいっと引っ張られかけたが、渾身の力を込めて直之進は刀を引き戻した。そこに右手の斬撃がやってきたが、かろうじてかわした。ぎりぎりだった。

直之進はまたも突っ込み、今度は上段から刀を振り下ろしていった。

これも数馬はつかもうとした。直之進はかまわずに、数馬の手を斬って捨てる気持ちで刀を振り下ろした。がつ、と鉄を打ったような手応えが伝わってきた。

直之進の手元に刀がはね戻る。

数馬は余裕の表情だ。直之進の刀をつかんでしまえば勝ちだと確信している。刀をもしつかまれたら、刀を放して逃げるしかない。だが、そんなのはまっぴらごめんだ。それでは湯瀬直之進ではない。

ひたすら攻撃するのが自分の持ち味だ。粘り強い守りなど今は封印するときだ。攻撃に専念する。それしか勝ち目はない。

渾身の力を振るって直之進は三度《みたび》、刀を上段から振り下ろした。がつっと刀をつかもうとした数馬が顔をしかめた。

なおも直之進は、刀をつかもうとする数馬の手のひらを刀で打ち続けた。

うう、と数馬の口からうなりが漏れた。

これまで数馬との対決をしてきた誰もが、刀を握られる恐怖におびえ、左の手のひらを徹底して打つなどという戦法を取ったことはなかったはずだ。この場に来る前から直之進は、これしか勝つ手はないと思い定めていた。

直之進はなおも刀を胴から、上段からと振っていった。

ついに数馬の左の手のひらから血が噴き出した。すでに鉄を打つような音は聞こえなくなっている。

北杜数馬という男は、鎖帷子《くさりかたびら》よりずっと細く目では見えないような鉄を手のひらに巻いていたのではないか。

左手で受けることがかなわなくなったことを知った数馬は、右手だけの斬撃で反撃に出てきた。

だが、焦りのせいか、かなり大振りになっている。

そこに直之進はつけ込んだ。数馬の刀をかわし、一瞬の動きで懐に飛び込んだのだ。

数馬があわてて後ろに下がろうとする。間合を取ることを直之進は許さず、刀を突き出した。

どすっ、と音がした。

刀を引き戻すや、さっと下がって数馬を見ると、胸から血が噴き出していた。

目がうつろになり、数馬がどうと音を立てて倒れる。

やった。

勝った。

和四郎が勝たせてくれたのか。

だが、今の勝負では、これまで何度か感じた不思議な力はまったくなかった。

名刀に頼ったわけでもない。俺は自力で勝ったのではないか。

ふと気づき、空を見た。

だいぶ暗くなりつつある。

暮れ六つが近い。

佳以富に行かなければ。

ふと体中に痛みがあることに気づいた。

傷だらけだ。血だらけでもある。

いつの間にかこんなに傷を負っていたのだ。やはり北杜数馬という男は手強い相手だった。

果たしてこんな体で、これから祝言をやれるのか。

だが、やるしかない。

みんな、佳以富で待ってくれている。

急げ。

直之進は走りはじめた。

「直之進っ」

横から声が飛んできた。そちらに顔を向けた直之進は目を疑った。

「琢ノ介、なにゆえこんなところにいる」

いや、琢ノ介だけではない。富士太郎と珠吉も一緒なのだ。

「助太刀《すけだち》しようと思っていた。できなかったがな」

富士太郎と珠吉の二人も、琢ノ介と同様に申し訳なさそうな顔をしている。

「そうだったのか」

琢ノ介たちの友情が胸にしみた。

「一番の友垣が命を懸けて戦うというときに、のほほんと佳以富で待っていられるものか」

「まさか倉田もそのあたりにいるんじゃないだろうな」

「いや、倉田にはなにも告げておらぬ。告げていたら、まちがいなく来ていただろうが。やつは千勢さんやお咲希ちゃんと今、佳以富で待っているだろう」

「かたじけない」

直之進の頭は自然に下がった。

「とにかく直之進さん、急ぎましょう」

「おう」

へたりそうになる体を励まし、直之進は走り続けた。琢ノ介も必死についてくる。富士太郎と珠吉も同じである。

道はすでに湯島に入っている。

やがてしっとりとした黒い建物が見えてきた。

あれだ。

六つの鐘が今にも鳴るのではないかと、直之進は気が気でなかった。

だが、佳以富に駆け込んでも鐘は聞こえてこなかった。

間に合ったか。

もう息も絶え絶えだ。

「おう、湯瀬」

裃《かみしも》姿の佐之助が廊下を走ってきた。直之進の姿を目の当たりにして、目をみはる。

「湯瀬、なぜそんな恰好をしている。血だらけではないか」

「わけはあとで話す」

佐之助が目を厳しくする。

「おまえ、俺に知らせなかったな。なぜいわなかった」

「済まぬ。はなからおぬしの力を借りる気はなかったのだ。俺一人でなんとかする必要があったのでな。いつでも助力を当てにする男になるのが怖かった」

「なに、恰好のよいことをいっているのだ。友垣なら力を貸すのは当たり前ではないか」

「まあ、そうだな」

そのとき琢ノ介、富士太郎、珠吉が相次いで店に飛び込んできた。

「なんだ、おまえたちまで。おまえたちも戦ったのか」

「いや、見ていただけだ」

息も絶え絶えに琢ノ介が答える。

「そうか。とにかく四人とも早くこっちに来るんだ」

佐之助に控え室に連れていかれ、そこであわてて直之進は裃を身につけた。佐之助が顔の血を拭いてくれる。

「今度はこっちだ」

三十畳の大広間にやってきた。そこにさまざまな人が来てくれている。

「あっ」

目をみはり、直之進はその場に固まった。

「なにを驚いておる、直之進」

快活な声が投げられた。

「いえ、まさか殿がいらっしゃるとは」

直之進が座るべき場所の隣に、沼里《ぬまざと》藩主にして主君の真興《さねおき》が正座しているのだ。直之進はあわてて真興の前に進み、平伏した。

「殿は国元にいらっしゃるのではございませぬか」

「ちと抜け出してきた。この祝言が終わったら、帰る」

もし公儀にばれたらどうなるか。取り潰しまではいかないだろうが、なんらかの処分はあり得る。いや、真興は将軍家の気に入りだ。お叱り程度で済むかもしれない。

「直之進、そなた、ちと冷たくないか」

「なにがでございましょうか」

「余をこの場に呼ばなかったことだ。文だけで済まそうといたしたであろう」

「いえ、殿には国元に帰った際、おきくともどもご挨拶にうかがう所存でございました」

「それはわかるが、おきくとの祝言に呼ばぬというのはいかぬぞ」

「はっ、申し訳ございませぬ」

広間にはこれまで江戸で知り合い、世話になった人がすべてそろっていた。

温かく和やかな空気が大広間を包んでいた。

ひとり、光右衛門が泣いていた。

席に着いた直之進は感謝の思いを込めて、皆に深々と頭を下げた。

それからおきくを見つめた。

目が合った。

おきくは笑っている。

こんな傷だらけの男を見て、笑ってくれている。

女性というのは、懐が深いものよ。男など、それに比べたら、子供でしかない。

俺はおきくを生涯の伴侶《はんりょ》として、これから歩んでゆく。

どんな暮らしが待っているのだろう。

胸が躍ってならない。

「――直之進、おきくどの」

にこやかな笑みをたたえて近づいてきたのは、真興の腹違いの弟である房興《ふさおき》だ。

「おめでとう。直之進、まずは飲んでくれ」

直之進の前に座り、房興は徳利を傾けてきた。膳の上の杯を手に取った直之進は酒を受け、一気に飲み干した。

「どうだ、うまかろう」

「はい、とてもおいしゅうございます」

「似合いの二人をこうして目の当たりにすると、なんともうらやましゅうてならぬ」

「房興さまも、早くもらわれたらよろしゅうございましょう」

「そうしたいのは山々だが……」

苦笑しつつ房興が答えたとき、がたん、となにか堅い物がぶつかったような音がした。

はっとして直之進がそちらに目を向けると、光右衛門が膳をひっくり返すようにして顔からうつぶせに倒れ込んだところだった。料理が飛び散り、徳利が畳を転がる。

「おとっつぁん」

おきくの悲痛な叫びが直之進の耳を打つ。弾かれたように立ち上がった直之進は光右衛門のもとに駆けつけた。

痩せた体をかき抱いたが、泡を吹いたような光右衛門の顔は青白く、すでに意識はなかった。

この作品は双葉文庫のために書き下ろされました。

双葉文庫

す-08-27

口入屋用心棒《くちいれやようじんぼう》

判《はん》じ物《もの》の主《ぬし》

2013年11月24日　第1刷発行
2021年10月 7日　第3刷発行

【著者】
鈴木英治《すずきえいじ》

【発行者】
箕浦克史
【発行所】
株式会社双葉社
〒162-8540 東京都新宿区東五軒町3番28号
[電話] 03-5261-4818(営業部)　03-5261-4833(編集部)
www.futabasha.co.jp (双葉社の書籍・コミックが買えます)
【印刷所】
株式会社新藤慶昌堂
【製本所】
株式会社若林製本工場
【カバー印刷】
株式会社久栄社
【フォーマット・デザイン】
日下潤一

ISBN978-4-575-66641-0 C0193
Printed in Japan

秋山香乃
からくり文左　江戸夢奇談
風冴ゆる
長編時代小説〈書き下ろし〉
入れ歯職人の桜屋文左は、からくり師としても類まれな才能を持つ。その文左が、八百八町を震撼させる難事件に直面する。シリーズ第一弾。

秋山香乃
からくり文左　江戸夢奇談
黄昏に泣く
長編時代小説〈書き下ろし〉
文左の剣術の師にあたる徳兵衛が失踪した日の夕刻、文左と同じ町内に住む大工が、酷い姿で堀に浮かぶ。シリーズ第二弾。

秋山香乃
伊庭八郎幕末異聞
未熟者
長編時代小説〈書き下ろし〉
心形刀流の若き天才剣士・伊庭八郎が仕合に臨んだ相手は、古今無双の剣士・山岡鉄太郎だった。山岡の〝鉄砲突き〟を八郎は破れるのか。

秋山香乃
伊庭八郎幕末異聞
士道の値《あたい》
長編時代小説〈書き下ろし〉
江戸の町を震撼させる連続辻斬り事件が起きた。伊庭道場の若き天才剣士・伊庭八郎が、事件の探索に乗り出す。好評シリーズ第二弾。

秋山香乃
伊庭八郎幕末異聞
櫓《ろ》のない舟
長編時代小説〈書き下ろし〉
サダから六所宮のお守りが欲しいと頼まれ、府中まで出かけた伊庭八郎。そこで待ち受けていたものは……!?　好評シリーズ第三弾。

池波正太郎
元禄一刀流
時代小説短編集〈初文庫化〉
相戦うことになった道場仲間、一学と孫太夫の運命を描く表題作など、文庫未収録作品七編を収録。細谷正充編。

池波正太郎
熊田十兵衛の仇討ち　人情編
時代小説短編集
将来を誓い合い、契りを結んだ男は死んだ夫の仇だった？　女心の機微を描いた『熊五郎の顔』など五編の傑作短編時代小説を収録。

池波正太郎
熊田十兵衛の仇討ち 本懐編
時代小説短編集
仇討ちの旅に出た熊田十兵衛だが、宿願を果たせぬまま眼を病んでしまう……。表題作ほか珠玉の短編時代小説を六編収録。

今井絵美子
すこくろ幽斎診療記
寒さ橋
時代小説〈書き下ろし〉
ぶっきらぼうで大酒飲みだが滅法腕の立つ町医者杉下幽斎。弱者の病と心の恢復を願い、今日も江戸の街を奔走する。シリーズ第一弾。

今井絵美子
すこくろ幽斎診療記
梅雨《つゆ》の雷《らい》
時代小説〈書き下ろし〉
藪入りからいっこうに戻らない幽々庵のお端下・おつゆを心配した杉下幽斎は、下男の福助を使いにやるが……。好評シリーズ第二弾。

今井絵美子
すこくろ幽斎診療記
麦《むぎ》笛《ぶえ》
時代小説〈書き下ろし〉
捕縛された盗人一味の手先だった四人の子供を引き取ることになった養護院草の実荘。やがてそのことが大事件へと発展する。

今井絵美子
すこくろ幽斎診療記
きっと忘れない
時代小説〈書き下ろし〉
またも、みなし子を引き取った養護院草の実荘。その草の実荘を預かる産婆のお辰は、臨月の妊婦おやすを診察しに長屋に向かったが……。

風野真知雄
若さま同心 徳川竜之助
消えた十手
長編時代小説〈書き下ろし〉
市井の人々に接し、磨いた剣の腕で悪を懲らしめたい……。田安徳川家の十一男・徳川竜之助が定町回り同心見習いへ。シリーズ第一弾。

風野真知雄
若さま同心 徳川竜之助
風鳴《ふうめい》の剣
長編時代小説〈書き下ろし〉
見習い同心の徳川竜之助は、湯屋で起きた老人殺しの下手人を追っていた。そんな最中、竜之助の命を狙う刺客が現れ……。シリーズ第二弾。

風野真知雄

若さま同心　徳川竜之助

空飛ぶ岩

長編時代小説
〈書き下ろし〉

次々と江戸で起こる怪事件。事件解決のため、日々奔走する徳川竜之助だったが、新陰流の正統をめぐって柳生の里の刺客が襲いかかる。

風野真知雄

若さま同心　徳川竜之助

陽炎の刃《やいば》

長編時代小説
〈書き下ろし〉

犬の辻斬り事件解決のため奔走する同心、徳川竜之助を凄まじい殺気が襲う。肥前新陰流の刺客が動き出したのか？　好評シリーズ第四弾。

風野真知雄

若さま同心　徳川竜之助

秘剣封印

長編時代小説
〈書き下ろし〉

スリの大親分さびぬきのお寅は、ある大店の主の死に不審なものを感じ、見習い同心の徳川竜之助に探索を依頼するが。好評シリーズ第五弾。

風野真知雄

若さま同心　徳川竜之助

飛燕《つばくろ》十手

長編時代小説
〈書き下ろし〉

一石橋で雪駄強盗事件が続発した。履き古された雪駄を、なぜ奪っていくのか？　竜之助が事件の謎を追う！　大好評シリーズ第六弾。

風野真知雄

若さま同心　徳川竜之助

卑怯三刀流

長編時代小説
〈書き下ろし〉

品川で起きた口入れ屋の若旦那殺害事件を追う竜之助。その竜之助を付け狙う北辰一刀流の遣い手が現れた。大好評シリーズ第七弾。

風野真知雄

若さま同心　徳川竜之助

幽霊剣士

長編時代小説
〈書き下ろし〉

蛇と牛に追い詰められ、橋の欄干で首を吊る怪事件が勃発。謎に迫る竜之助の前に、刀を持たずに相手を斬る〝幽霊剣士〟が立ちはだかる。

風野真知雄

若さま同心　徳川竜之助

弥勒《みろく》の手

長編時代小説
〈書き下ろし〉

難事件解決に奔走する徳川竜之助に、「人斬り半次郎」と異名をとる薩摩示現流の遣い手中村半次郎が襲いかかる。大好評シリーズ第九弾。

風野真知雄
若さま同心 徳川竜之助
風神雷神
長編時代小説〈書き下ろし〉
左手を斬り落とされた徳川竜之助は、さびぬきのお寅の家で治療に専念していた。それでも、持ち込まれる難事件に横臥したまま挑む。

風野真知雄
若さま同心 徳川竜之助
片手斬り
長編時代小説〈書き下ろし〉
竜之助の宿敵柳生全九郎が何者かに斬殺され、示現流の達人中村半次郎も京都へ戻る。左手の自由を失った竜之助の前に、新たな刺客が!?

風野真知雄
若さま同心 徳川竜之助
双竜伝説
長編時代小説〈書き下ろし〉
師匠との対決に辛勝した竜之助だが、風鳴の剣はいまだ封印したまま。折しも、易者殺しの下手人に、土佐弁を話す奇妙な浪人が浮上する。

風野真知雄
若さま同心 徳川竜之助
最後の剣
長編時代小説〈書き下ろし〉
正式に同心となった徳川竜之助。だが、尾張藩の徳川宗秋の悪辣な罠に嵌まり、ついに風鳴の剣と雷鳴の剣の最後の闘いが始まる!

風野真知雄
新・若さま同心 徳川竜之助
象印《そうじるし》の夜
長編時代小説〈書き下ろし〉
辻斬りが横行する江戸の町に次から次へと起きる怪事件。南町の定町回り同心がフグ中毒で壊滅状態のなか、見習い同心竜之助が奔走する。

風野真知雄
新・若さま同心 徳川竜之助
化物の村
長編時代小説〈書き下ろし〉
浅草寺裏のお化け屋敷〈浅草地獄村〉が連日の大賑わい。そんな折り、屋敷内で人殺しが起きたのを皮切りに、不可思議な事件が続発する。

風野真知雄
新・若さま同心 徳川竜之助
薄毛の秋
長編時代小説〈書き下ろし〉
熟睡中の芸者が頭を丸刈りにされるわ、町中の洗濯物が物干しから盗まれるわ——江戸で頻発する奇妙な事件に見習い同心・竜之助が挑む!

風野真知雄
新・若さま同心　徳川竜之助
南蛮の罠
長編時代小説
〈書き下ろし〉
蒸気の力で大店や大名屋敷の蔵をこじ開ける大胆不敵な怪盗・南蛮小僧が江戸の町に現れた。竜之助が考えた南蛮小僧召し取りの奇策とは？

風野真知雄
新・若さま同心　徳川竜之助
薄闇の唄
長編時代小説
〈書き下ろし〉
唄い踊りながら人を斬る「舞踏流」という奇妙な剣を遣う剣士が、見習い同心の徳川竜之助に襲いかかる！　好評シリーズ第五弾。

鈴木英治
口入屋用心棒1
逃げ水の坂
長編時代小説
〈書き下ろし〉
仔細あって木刀しか遣わない浪人、湯瀬直之進は、江戸小日向の口入屋・米田屋光右衛門の用心棒として雇われる。好評シリーズ第一弾。

鈴木英治
口入屋用心棒2
匂い袋の宵
長編時代小説
〈書き下ろし〉
湯瀬直之進が口入屋の米田屋光右衛門から請けた仕事は、元旗本の将棋の相手をすることだったが……。好評シリーズ第二弾。

鈴木英治
口入屋用心棒3
鹿威《ししおど》しの夢
長編時代小説
〈書き下ろし〉
探し当てた妻千勢から出奔の理由を知らされた直之進は、事件の鍵を握る殺し屋、倉田佐之助の行方を追うが……。好評シリーズ第三弾。

鈴木英治
口入屋用心棒4
夕焼けの甍《いらか》
長編時代小説
〈書き下ろし〉
佐之助の行方を追う直之進は、事件の背景にある藩内の勢力争いの真相を探る。折りしも沼里城主が危篤に陥り……。好評シリーズ第四弾。

鈴木英治
口入屋用心棒5
春風《はるかぜ》の太刀
長編時代小説
〈書き下ろし〉
深手を負った直之進の傷もようやく癒えはじめた折りも折り、米田屋の長女おあきの亭主甚八が事件に巻き込まれる。好評シリーズ第五弾。

鈴木英治　**口入屋用心棒6　仇討ちの朝**　長編時代小説〈書き下ろし〉

倅の祥吉を連れておあきが実家の米田屋に戻った。そんな最中、千勢が勤める料亭・料永に不吉な影が忍び寄る。好評シリーズ第六弾。

鈴木英治　**口入屋用心棒7　野良犬の夏**　長編時代小説〈書き下ろし〉

湯瀬直之進は米の安売りの黒幕・島丘伸之丞を追う的場屋登兵衛の用心棒として、田端の別邸に泊まり込むが……。好評シリーズ第七弾。

鈴木英治　**口入屋用心棒8　手向けの花**　長編時代小説〈書き下ろし〉

殺し屋・土崎周蔵の手にかかり斬殺された中西道場一門の無念をはらすため、湯瀬直之進は復讐を誓う……。好評シリーズ第八弾。

鈴木英治　**口入屋用心棒9　赤富士の空**　長編時代小説〈書き下ろし〉

人殺しの廉で南町奉行所定廻り同心・樺山富士太郎が捕縛された。直之進と中間の珠吉は事の真相を探ろうと動き出す。好評シリーズ第九弾。

鈴木英治　**口入屋用心棒10　雨上《あめあが》りの宮《みや》**　長編時代小説〈書き下ろし〉

死んだ緒加屋増左衛門の素性を確かめるため、探索を開始した湯瀬直之進。次第に明らかになっていく腐米汚職の実態。好評シリーズ第十弾。

鈴木英治　**口入屋用心棒11　旅立ちの橋**　長編時代小説〈書き下ろし〉

腐米汚職の黒幕堀田備中守を追詰めようと策を練る直之進は、長く病床に伏していた沼里藩主誠興から使いを受ける。好評シリーズ第十一弾。

鈴木英治　**口入屋用心棒12　待伏せの渓《たに》**　長編時代小説〈書き下ろし〉

堀田備中守の魔の手が故郷沼里にのびたことを知り、江戸を旅立った湯瀬直之進。その道中、直之進を狙う罠が……。シリーズ第十二弾。

鈴木英治

口入屋用心棒20

跡継ぎの胤《たね》

長編時代小説〈書き下ろし〉

主君又太郎危篤の報を受け、沼里へ発った湯瀬直之進。跡目をめぐり動き出した様々な思惑、直之進がお家の危機に立ち向かう。

鈴木英治

口入屋用心棒21

闇隠《やみがく》れの刃

長編時代小説〈書き下ろし〉

江戸の町で義賊と噂される窃盗団が跳梁するなか、大店に忍び込もうとする一味と遭遇した佐之助は、賊の用心棒に斬られてしまう。

鈴木英治

口入屋用心棒22

包丁人の首

長編時代小説〈書き下ろし〉

拐かされた弟房興の身を案じ、急遽江戸入りした沼里藩主の真興に隻眼の刺客が襲いかかる！沼里藩の危機に、湯瀬直之進が立ち上がった。

鈴木英治

口入屋用心棒23

身過《みす》ぎの錐《きり》

長編時代小説〈書き下ろし〉

米田屋光右衛門の病が気掛りな湯瀬直之進は、高名な医者雄哲に診察を依頼する。そんな折、平川琢ノ介が富くじで大金を手にするが……。

鈴木英治

口入屋用心棒24

緋木瓜《ひぼけ》の仇《あだ》

長編時代小説〈書き下ろし〉

徐々に体力が回復し、時々出歩くようになった米田屋光右衛門。そんな折り、直之進のもとに光右衛門が根岸の道場で倒れたとの知らせが！

鈴木英治

口入屋用心棒25

守り刀の声

長編時代小説〈書き下ろし〉

老中首座にして腐米騒動の首謀者であった堀田正朝。取り潰しとなった堀田家の残党に盟友和四郎を殺された湯瀬直之進は復讐を誓う。

鈴木英治

口入屋用心棒26

兜割《かぶとわ》りの影

長編時代小説〈書き下ろし〉

江戸市中で幕府勘定方役人が殺された。その惨殺死体を目の当たりにし、相当な手練による犯行と踏んだ湯瀬直之進は探索を開始する。

鳥羽亮

子連れ侍平十郎
上意討ち始末

長編時代小説

陸奥にある萩野藩を二分する政争に巻き込まれた、下級武士・長岡平十郎の悲哀と反骨をリリカルに描いた、シリーズ第一弾！

鳥羽亮

子連れ侍平十郎
江戸の風花

長編時代小説

上意を帯びた討っ手を差し向けられた長岡平十郎。下級武士の意地を通すため脱藩し、江戸に向かった父娘だが。シリーズ第二弾！

鳥羽亮

子連れ侍平十郎
おれも武士《おとこ》

長編時代小説

平十郎に三度の討っ手が迫る中、道場の門弟が次々と凶刃に倒れる事件が起きる。父と娘に安寧は訪れるのか!? 好評シリーズ第三弾。

鳥羽亮

剣狼秋山要助
秘剣風哭《ふうこく》

連作時代小説
〈文庫オリジナル〉

上州、武州の剣客や博徒から鬼秋山、喧嘩秋山と恐れられた男の、孤剣に賭けた凄絶な人生を描く、これぞ「鳥羽時代小説」の原点。

鳥羽亮

浮雲十四郎斬日記
金尽剣法《かねずくけんぽう》

長編時代小説

直心影流の遣い手・雲井十四郎は御徒目付の小田島らに見込まれ、辻斬りや盗賊からの警護を頼まれる。その裏には影の存在が蠢いていた。

鳥羽亮

浮雲十四郎斬日記
酔いどれ剣客

長編時代小説

渋江藩の剣術指南役を巡る騒動の渦中、江戸家老・青山邦左衛門が黒覆面の刺客に襲われた。十四郎は青山の警護と刺客の始末を頼まれる。

鳥羽亮

浮雲十四郎斬日記
仇討ち街道

長編時代小説

直心影流の遣い手である雲井十四郎は、男装の女剣士・清乃の仇討ちの助太刀をすることに。江戸を離れた敵を追って日光街道を北上する。